Katia

Por

León Tolstói

Copyright del texto © 2023 Culturea ediciones
Sitio web : http://culturea.fr
Impresión: BOD - Books on Demand (Norderstedt, Alemania)
Correo electrónico : infos@culturea.fr
ISBN :9791041809875
Depósito legal : abril 2023

CAPÍTULO I

Estábamos de luto por la muerte de nuestra madre, ocurrida el otoño anterior, y pasamos todo el invierno en él campo, las tres solas: Macha, Sonia y yo.

Macha era una antigua amiga de la casa; había sido nuestra aya, y nos había educado a todas. Mis recuerdos, así como mi afecto por ella, remontábanse tan lejos como los recuerdos de mí misma.

Sonia era mi hermana menor.

El invierno transcurrió para nosotras sombrío y triste, en nuestra vieja morada de Poltrovski. El tiempo fue tan frío y ventoso, que la nieve llegó a amontonarse a mayor altura que las ventanas, las cuales estaban casi continuamente cubiertas de hielo y empañadas; por otra parte, apenas pudimos salir a pasear durante casi toda la temporada.

Era muy raro que viniera alguien a vernos, y quienes nos visitaban no traían alegría ni jovialidad a nuestra casa. Todo ofrecían: un rostro apenado, hablaban en voz baja, como si tuviesen miedo de despertar a alguien; procuraban no reír; suspiraban y, a menudo, lloraban al mirarme, sobre todo a la vista de mi pobre Sonia, vestida con su trajecito negro. En la casa todo revelaba, de una u otra manera, la muerte cercana; la aflicción y el horror de la pérdida flotaban en el aire. El cuarto de mamá seguía cerrado, y yo sentía un malestar cruel, a la par que un deseo irresistible de dirigir una furtiva mirada al interior de aquel frío y desierto aposento, cuando pasaba cerca del mismo al irme a acostar.

Contaba yo diez y siete años en aquella época, y el mismo año de su muerte, mamá había tenido la intención de instalarse en la capital para presentarme en sociedad. La pérdida de mi madre fue para mí causa de profundo dolor; mas debo confesar que, aparte esta pena, al sentirme joven y hermosa, como me hacían creer a todas horas, experimentaba cierto desconsuelo de verme condenada a vegetar otro invierno en el campo, entre tan árida soledad. Ya antes de terminar aquel invierno, el sentimiento melancólico de la soledad, el del aislamiento, y por decirlo más claramente, el del fastidio, crecieron en mí hasta tal punto que no salía jamás de mi cuarto, y me pasaba las horas sin abrir el piano ni hojear un solo libro. Cuando Macha me instaba a ocuparme en una u otra cosa, le respondía: «No quiero, ni puedo»; y en el fondo de mi alma una voz me preguntaba: «Despúes de todo, ¿para qué? ¿Para qué hacer esto o lo otro, si lo mejor de mi vida se consume inútilmente? ¿Para qué?». Y a este para qué no había en mí otra respuesta que las lágrimas.

Decíanme durante todo este tiempo, que enflaquecía y me afeaba; mas ello no me preocupaba lo más mínimo. ¿Por qué, y para quién habría de interesarme? Parecíame que toda mi vida debía deslizarse en aquel desierto, en el seno de aquella angustia sin nombre, efe dónde, entregada a mis propios y únicos recursos, no me sentía con fuerzas ni abrigaba siquiera deseos de arrancarme.

Al terminar el invierno, Macha empezó a cobijar ciertas inquietudes acerca de mi estado y tomó la resolución de llevarme al extranjero, por miedo de que ocurriera algo peor. Más para esto hacía falta dinero, y apenas si sabíamos lo que había de tocarnos de la herencia de nuestra madre. Todos los días esperábamos la llegada de nuestro tutor, quien debía venir a examinar el estado de nuestros asuntos.

Por fin llegó, durante el mes de marzo.

Era un día que yo vagaba como un alma en pena por todos los rincones, ociosa, sin un solo pensamiento en la cabeza, ni un solo deseo en el corazón.

—¡Por fin Sergio Mikailovitch está al llegar! Ha anunciado que vendría «cenar. Es necesario que te espabiles querida Katia —me dijo Macha—, si no, ¿qué pensaría de ti? ¡Os quiere tanto a las dos!

Sergio Mikailovitch era nuestro vecino más próximo, y había sido amigo de nuestro difunto padre, si bien era mucho más joven. Aparté del cambio favorable que su llegada había de provocar en nuestra manera de vivir, al facilitarnos el medio de abandonar el campo, yo estaba demasiado acostumbrada, desde la infancia, a quererlo y respetarlo, para que Macha, al aconsejar que me espabilara, no hubiese adivinado que debía operarse en mí otro cambio aún, y que entre todos mis conocidos, era justamente delante de él, ante quien me habría sido más doloroso presentarme bajo un aspecto desagradable. No sólo profesaba un antiguo afecto a Sergio Mikailovitch, como todo» en casa, desde Macha y Sonia, ahijada suya, hasta el último cochero, sino que en mí, aquel cariño revestía un carácter especial a consecuencia de ciertas palabras que mamá pronunciara en mi presencia tiempo atrás. Había dicho que deseaba para mí un marido como él. En aquel momento, tal idea me pareció algo extraordinaria y hasta desagradable. El héroe soñado por mí era completamente distinto de aquél: mi héroe debía seri joven, delgado, esbelto, pálido y melancólico. Sergio Mikailovitch, por el contrario, ya no era joven: era de elevada estatura, corpulento, y a juzgar por lo que yo podía apreciar, tenía un carácter muy jovial. A pesar de todo, las palabras de mi madre quedaron grabadas en mi imaginación. Hacía ya seis años de aquello, o sea que yo contaba sólo once cuando ocurrió, y él me trataba de tú, jugaba conmigo, me llamaba pequeña violeta, y desde entonces habíame yo preguntado muchas veces, siempre con mayor temor, qué baria ti de pronto le diera la idea de catarse conmigo.

Un poco antes de la cena, a la cual Macha mandó añadir un plato de espinacas y otro de entremeses dulces, se presentó Sergio Mikailovitch. Yo me asomé a la ventana en el momento de acercarse él en su pequeño trineo, y cuando llegó a la puerta, me apresuré a pasar al salón, queriendo evitar a toda costa que pudieran figurarse que lo había estado esperando. Pero, al oír primero movimiento en la antesala, y, seguidamente, su voz sonora y los pasos de Macha, me abandonó la paciencia, y salí a su encuentro. Tenía entre las suyas la mano de Macha, y hablaba en voz alta y sonriendo. En cuanto me observó, interrumpióse nos segundos, mirándome sin saludar, lo cual me azoró, y sentí que mis mejillas enrojecían.

—¡Ah!, ¿pero es posible que sea usted, Katia? —me dijo con acento sencillo y decidido, desasiendo su mano y acercándose a mí—. ¿Se puede cambiar de tal modo? ¡Cómo ha crecido usted! ¡Ayer diminuta violeta, hoy rosa en todo su esplendor!

Con su gran mano estrechó la mía tan fuerte y efusivamente, que casi me hizo daño. Creí que iba a besármela y me incliné delante de él, mas tomándome la mano por segunda vez, fijó en mis ojos su mirada franca y decidida.

Hacía seis años que no lo había visto. Lo hallé muy cambiado, envejecido, más moreno, y llevaba patillas que no le sentaban muy bien; pero conservaba los mismos modales, el mismo rostro franco y abierto, de rasgos pronunciados, los mismos ojos chispeantes de ingenio, y aquella sonrisa tan llena de gracia que habríase atribuido a un niño.

A los cinco minutos abandonó la actitud de simple visitante, y tomó la de un huésped íntimo tratado con cariño y confianza por todos nosotros, y hasta por aquellas otras personas que con su apresuramiento para servirle y complacerle, demostraban la alegría que su llegada les produjera.

No parecía en modo alguno el vecino que viene a la casa después de la muerte de una madre, creyendo necesario presentarse con rostro compungido. Al contrario, se mostró alegre, hablador y no dijo ni una sola palabra de mamá, de forma que yo ya empezaba a encontrar algo extraña e incluso inconveniente tal indiferencia de parte de un hombre que nos trataba con tanta intimidad. Mas pronto comprendí que no había asomo de indiferencia por parte suya, y que en el fondo de su pensamiento latía un propósito por el que debía yo estar reconocida.

Por la noche, Macha nos sirvió el té en el salón, en el mismo sitio donde lo tomábamos en vida de mamá. Sonia y yo nos sentamos al lado de Macha; el viejo Gregorio ofreció a Sergio Mikailovitch una antigua pipa de mi padre que había encontrado, y aquél, lo mismo que en otros tiempos, empezó a pasear de un extremo a otro del salón.

—¡Qué cambios tan grandes ha habido en esta casa! ¡Cuando pienso en ello!... —exclamó súbitamente, deteniéndose.

—Sí —repuso Macha con un suspiro; y, colocando la tapa del samovar encima del mismo, quedóse contemplando a Sergio Mikailovitch, a punto de prorrumpir en llanto.

—Sin duda, se acuerda usted algo de su padre —me preguntó.

—Un poco.

—¡Qué ventaja no sería para usted tenerlo aún hoy! —dijo con lentitud, y mirando muy pensativo y vagamente por encima de mi cabeza.

Luego añadió con más lentitud aún:

—He querido mucho a su padre.

Me pareció notar en el mismo instan te que sus ojos brillaban de un modo inopinado.

—¡Y Dios se llevó también a nuestra madre! —exclamó Macha.

Y luego, echando la servilleta sobre la tetera, sacó el pañuelo y empezó a llorar.

—Sí, han ocurrido cambios terribles en esta casa. —Y al decir esto Sergio se volvió, y un momento después agregó, alzando la voz—: Katia Alevandrovna, siéntese al piano y toque cualquier cosa.

Me satisfizo mucho que hiciera la petición en términos tan sencillos, y al propio tiempo, tan amistosamente imperativos. Me levanté y me acerqué a él.

—Tome, toque esto —dijo, abriendo un cuaderno de Beethoven por el adagio de la sonata Quasi una fantasía—. Vamos a ver cómo lo interpreta usted —repuso, y fue a tomar su taza de té a un rincón de la sala.

No sé por qué, mas comprendí que me habría sido imposible negarme o atreverme a hacer dengues con pretexto de que no tocaba bien. Por el contrario, me senté con mucha sumisión ante el piano, y empecé a tocar como pude, a pesar de temer algo su crítica, pues sabía lo entendido que era en música y el buen gusto que tenía. En el tono de ese adagio reinaba un sentimiento que, por una especie de reminiscencia me llevaba hacia las conversaciones sostenidas antes del té, y dominada por esta impresión, lo interpreté pasablemente al parecer, mas él no permitió que siguiera con el scherzo.

—No, no lo tocaría usted bien —dijo aproximándose—; no pase de este primer trozo, que no ha salido del todo mal. Veo que comprende usted la música.

Este elogio, indudablemente muy moderado, me halagó tanto, que me sentí enrojecer. ¡Era una cosa tan nueva y tan agradable para mí, que el amigo, el igual de mi padre me hablase a mí sola, en serio, y no como a una niña como solía hacer antaño!

Recordó a mi padre, contándome cuanto se habían apreciado, y de qué manera habían vivido juntos muy agradablemente en la época en que yo me ocupaba sólo de muñecas y libros de estudio; y en estos relatos, mi padre se me apareció por primera vez como un hombre sencillo y bueno, a quien no había conocido hasta entonces. Me hizo preguntas acerca de lo que me gustaba, de lo que leía, de lo que pensaba hacer, y me dio algunos consejos. Ya no tenía a mi lado, al hombre frívolo y parlanchín a quien gustara la charla insustancial, sino a alguien dotado carácter, serio, franco y amistoso que me inspiraba involuntario respeto, a la par que una gran simpatía. Esta impresión me resultaba dulce, agradable, y al hablarle sentía en mí cierta inconsciente tensión. Cada palabra que pronunciaba me dejaba temerosa, ¡y habría deseado tanto conquistar por mis propios méritos aquella estimación que hasta entonces sólo se me concedía por ser hija de quien era!

Después de haber acostado a Sonia, Macha se reunió con nosotros y se quejó a Sergio Mikailovitch de mi apatía, de la que resultaba que yo no tenía jamás nada que decir.

—Entonces Katia no me ha contado lo más importante —repuso Sergio Mikailovitch sonriendo, meneando la cabeza y mirándome con aire de reproche.

—¿Y qué iba a contar? —repliqué—. ¿Que me aburría mucho? Pero eso ya pasará. —Y efectivamente, entonces pensaba que no sólo desaparecería mi aburrimiento, sino que era ya cosa hecha y que no volvería más.

—No está bien esto de no saber soportar la soledad. ¿Es posible que sea usted efectivamente una señorita?

—Pues claro que sí —respondí, echándome a reír.

—No, no; a lo sumo una maligna señorita que no vive sitio para ser admirada, y que en cuanto se siente aislada, se relaja y ya no encuentra nada bien; todo para él, nada para ella.

—¡Pues sí que se ha formado usted bonita opinión de mí! —aduje, por decir algo.

—No —repuso Sergio Mikailovitch, pasado un momento de silencio—, porque no en vano se parece usted a su padre; ¡hay algo en usted…!

Y su buena y atenta mirada ejerció de nuevo su encanto sobre mí, causándome singular turbación.

Me di cuenta sólo en aquel momento, de que a través de aquel rostro que a primera vista parecía alegre, tras aquella mirada que no pertenecía sino a él, y donde sólo se creía leer la serenidad, traslucíase más y más vivamente, un fondo de gran reflexión y cierta tristeza.

—No debe ni puede aburrirse —dijo poco después—; tiene usted la música, que sabe comprender, los libros, el estudio. Tiene, además, toda una vida por delante, y ahora es el momento más propio para prepararse con objeto de no tener luego de qué lamentarse. Dentro de un año, será ya demasiado tarde para reaccionar.

Me hablaba como un padre o un tío, y comprendí que hacía un esfuerzo continuo para mantenerse siempre a mi nivel. Me ofendió un poco que me creyera inferior, y por otra parte, me resultaba agradable que, para mí, se creyera obligado a tal esfuerzo.

El resto de la velada se consagró a una conversación de negocios entre Macha y él.

—Y ahora, buenas noches, querida Katia —dijo levantándose, aproximándose a mí y cogiéndome la mano.

—¿Cuándo nos volveremos a ver? —preguntó Macha.

—En la primavera —contestó Sergio Mikailovitch sin soltarme la mano—; ahora voy a Danilovka (otra hacienda nuestra), veré un poco lo que pasa por allí, y arreglaré lo que pueda; luego, iré a Moscú para solventar asuntos míos, y antes del verano podremos vemos.

—¿Y por qué marcharse por tanto tiempo? —pregunté tristemente. En efecto, esperaba ya verlo todos los días, y súbitamente asaltóte una terrible opresión en el pecho al pensar que tendría que volver a habérmelas con mi hastío. Probablemente, esto se traslució en mis ojos y en el sonido de mi voz.

—Vamos, distráigase y trabaje algo más; destierre la melancolía —recomendóme con acento que me pareció demasiado plácido e irlo—. En la primavera la examinaré —añadió, soltándome la mano, y sin mirarme.

En la antecámara, donde le acompañamos, se apresuró a ponerse la pelliza, y de nuevo su mirada pareció esquivarme.

«¡Se toma un trabajo bien inútil! —me dije—. ¿Será posible que se figure causarme tanto placer al mirarme? Es un hombre excelente, muy bueno… mas eso es todo».

Sin embargo, aquella noche, Macha y yo tardamos mocho en quedar dormidas, y hablamos, no de él, sino de cómo emplearíamos el próximo verano, de dónde pasaríamos el invierno, y de qué modo. Grave cuestión; ¿y por qué? A mí parecíame tan simple como evidente que la vida consistía en ser feliz, y en el porvenir no me resultaba posible figurarme otra cosa que la felicidad, como al de pronto nuestra vieja y sombría mansión de Pokrovski se inundara de luz y vida…

CAPÍTULO II

Entretanto, la primavera había llegado. El fastidio de antaño se había desvanecido y le sucedió aquella tristeza soñadora y primaveral, tejida de esperanzas desconocidas y deseos insatisfechos.

Con todo, mi vida ya no era la que llevé al principio del invierno; me ocupaba de Sonia, de música, de estudios, y muy a menudo iba a vagar por el jardín durante largos ratos, muy largos por cierto, sola a través de los paseos, o bien me sentaba en algún banco. ¡Sabe Dios lo que soñaba, lo que deseaba, lo que esperaba! A veces pasaba noches enteras asomada a la ventana, sobre todo, en noches de luna, y permanecía así hasta el amanecer. Otras veces, sin saberlo Macha, y en simple camisón, bajaba al jardín y huía hacia el estanque por los céspedes cubiertos de rocío, y en cierta ocasión llegué incluso hasta el campo, y otras, pasaba la noche recorriendo sola los linderos del parque.

Ahora me resulta difícil acordarme de los ensueños que en aquella época llenaban mi imaginación, y más difícil aún, comprenderlos. Si alguna vez consigo evocarlos me cuesta gran trabajo llegar a creer que tales ensueños fueron efectivamente míos, pues, tan extraños y alejados de la vida real eran.

A últimos de mayo Sergio Mikailovitch, tal como había prometido, regresó de su viaje.

La primera vez que vino a vernos fue una tarde en la que no lo esperábamos en absoluto. Estábamos sentadas en la terraza, y nos disponíamos a tomar el té, El jardín verdeaba ya, y en Pokrovski los ruiseñores habían instalado su domicilio entre los macizos llenos de vegetación. Aquí y allá, frondosas lilas elevaban sus cabezas como esmaltadas con tintes blancos o violáceos, y sus flores se preparaban para abrirse. Las hojas, en los paseos arbolados, parecían transparentes a los rayos del sol poniente. Sobre la terraza se extendía una sombra refrescante, mientras el abundante rocío del anochecer inundaba los céspedes. En el patio, detrás del jardín, oíanse los últimos ruidos del día y los balidos de los rebaños que volvían al establo. El pobre loco Nikon pasó por el sendero, al pie de la terraza, con un tonel, y muy pronto torrentes de agua fría de las regueras vertiéronse sobre la tierra recién removida, trazando círculos negruzcos al pie de las dalias y de todas las demás flores.

Delante de nosotras, en la terraza, sobre un blanquísimo mantel, brillaba hervía un samovar de superficie resplandeciente, rodeado de un pastel de nata, confituras y pastas. Macha, como mujer hacendosa, lavaba las tazas con sus manos regordetas. Por mi parte, sin aguardar el té, pues acababa de tomar un baño que me había despertado el apetito, entreteníame en comer pan untado de nata fresca y espesa. Llevaba una blusa de lienzo con mangas entreabiertas, y tenis la cabeza envuelta en un gran pañuelo para resguardar mis cabellos húmedos.

Macha fue la primera en verle a través de la ventana.

—¡Ah, Sergio Mikailovitch! —exclamó—; precisamente estibamos hablando de usted.

Yo me levanté con el propósito de ir a cambiar mi tocado, pero él me alcanzó en el momento preciso de llegar yo a la puerta.

—Vamos, Katia; nada de ceremonias en el campo —dijo contemplando mi cabeza y mi pañuelo, y sonriendo—; no muestra usted tantos escrúpulos delante de Gregorio, y yo quiero ser un Gregorio para usted.

Más al mismo tiempo me pareció que no me miraba como lo habría hecho Gregorio, y esto me desconcertó un poco.

—Vuelvo en seguida —repliqué, alejándome.

—Pero ¿por qué quiere marcharse? —preguntó, siguiéndome los pasos—. Al verla, cualquiera la tomaría por una joven aldeana.

De qué modo más extraño me ha mirado, me dije mientras subía la escalera, presurosa para ir a mudarme. ¡En fin, gracias a Dios ya ha llegado, y vamos a estar más alegres!

Después de echar una ojeada al espejo, volví a bajar muy gozosa, y, sin dejar de apresurarme, llegué, jadeante a la terraza. Sergio Mikailovitch estaba sentado junto a la mesa, y hablaba con Macha de nuestros asuntos. Al verme, sonrió y continuó hablando. A juzgar por lo que decía, nuestra hacienda se hallaba en un estado sumamente satisfactorio. No teníamos más que esperar a que terminara el verano, el cual pasaríamos en el campo, y en seguida podríamos irnos a San Petersburgo para la educación de Sonia, o bien al extranjero.

—Todo esto estaría muy bien, si usted viniera con nosotras al extranjero —observó Macha—, pero, solas, nos parecería estar como extraviadas.

—¡Ah!, ¡pluguiera a Dios que pudiese dar la vuelta al mundo con ustedes!

—replicó él, medio en broma medio en serio.

—Bueno, pues —dije yo entonces—, vamos a dar la vuelta al mundo.

Sergio Mikailovitch sonrió y movió la cabeza.

—¿Y mi madre? ¿Y mis negocios? Vamos, dejemos esto, y cuénteme de qué manera ha pasado el tiempo. ¿Será posible que se haya aburrido aún?

Cuando le hube contado que había sabido ocuparme y desterrar el aburrimiento sin su compañía, lo cual Macha me confirmó, me elogió mucho, y me dirigió miradas y palabras de aliento, lo mismo que si yo fuese una niña y él tuviese realmente el derecho de hacerlo. Estimé conveniente contarle al detalle, sobre todo con mucha sinceridad, todo cuanto había hecho de bueno, y revelarle, como en una confesión, todo lo malo que, por el contrario, pudiera merecer su censura. La noche era tan hermosa, que después de servido el té, seguimos mucho tiempo en la terraza, y me interesó tanto la conversación, que no me di cuenta de cómo, poco a poco, habían ido apagándose de una manera insensible todos los ruidos de la casa. De todas partes desprendíanse los perfumes penetrantes de las flores; el más abundante rocío cubría los céspedes; los ruiseñores lanzaban sus trinos al aire, muy cerca de nosotros, al abrigo de los macizos de lilas, y se interrumpían a veces al oír el sonido de nuestras voces. El cielo estrellado parecía descender sobre rustras cabezas.

Lo que me hizo notar que se acercaba la noche, fue oír de pronto, bajo el toldo que cubría la terraza, el rumor de un murciélago que daba vueltas, espantado, alrededor de mí vestido blanco. Me arrimé a la pared, y estuve a punto de lanzar un grito; mas el murciélago, tan silenciosamente como había entrado, se escapó de debajo del toldo, y se perdió prestamente entre las sombras del jardín.

—¡Cómo me gusta vuestro Pokrovski! —exclamó Sergio Mikailovitch cortando la conversación—. ¡Uno daría cualquier cosa para poder detenerse toda la vida en esta terraza!

—Pues deténgase —sugirió Macha.

—¡Ah, sí, detenerse; pero la vida no se detiene nunca!

—¿Por qué no se casa? —continuó Macha—. Sería usted un marido excelente.

—¿Por qué? —replicó él sonriendo—. Hace ya mucho tiempo que han dejado de considerarme como candidato al matrimonio.

—¡Cómo! —exclamó Macha—. ¿A los treinta y seis años pretende usted ya estar cansado de la vida?

—Sí, por cierto, y tan cansado, que no pienso sino en el reposo. Para casarse, precisa tener alguna otra cosa que ofrecer. Pregunte a Katia —añadió, señalándome con la cabeza—; a ella sí que conviene casarla. A nosotros nos toca gozar de su felicidad.

En la entonación de su voz, adivinábase una secreta melancolía y cierta tensión que no se me escaparon. Durante un momento quedóse silencioso; ni Macha ni yo dijimos nada.

—Figúrese —empezó finalmente, acercándose a la mesa— que de pronto, por cualquier deplorable accidente, me casara con una muchacha de diez y siete años como Katia Alexandrovna. Ahí tiene usted un buen ejemplo, y me alegro que pueda aplicarse tan bien a las circunstancias… no podría haber otro mejor.

Yo me eché a reír, mas no podía comprender en absoluto por qué se alegraba tanto, ni en qué veía la oportunidad del ejemplo.

—Pues bien —continuó, volviéndose hacia mí con aire de broma—; dígame la verdad, con la mano en el corazón. ¿Acaso no sería una gran desgracia para usted unir su vida a la de un hombre viejo ya, que lleva recorrido tanto camino, y que no pretende otra cosa que permanecer donde se halla, cuando usted, en cambio, sabe Dios a dónde quisiera ir, llevada en alas de su fantasía?

Me sentía algo turbada y permanecí silenciosa, no sabiendo qué responder.

—No vengo a pedir su mano —dijo echándose a reír—; pero, en verdad, ¿es un marido así el que usted sueña cuando se pasea por el jardín, y no sería esto una gran desgracia?

—No tan gran desgracia… —empecé.

—Ni tampoco tan gran bien —terminó él.

—Sí, pero puedo equivocarme…

Volvió a interrumpirme.

—Ya lo ve, tiene toda la razón; le agradezco su franqueza, y estoy satisfecho de haber tenido esta conversación. Añadiré que eso habría sido para mí la mayor desgracia.

—¡Qué hombre tan original es usted!, no ha cambiado en absoluto —dijo Macha, y salió de la terraza para ordenar que sirvieran la cena.

Quedamos silenciosos al marcharse Macha, y todo cuanto nos rodeaba permanecía también mudo. Un ruiseñor inició un trino, no aquel canto cortado, indeciso del atardecer, sino aquel otro prolongado, lento y tranquilo de la noche, que llenaba el jardín, mientras desde el fondo de una torrentera le respondía otro ruiseñor que cantaba por primera vez. El más próximo callaba entonces como si escuchara por un momento, y luego volvía a lanzar al aire sus trinos más agudos y penetrantes, y sus voces resonaban con suprema calma en el seno de aquel mundo de la noche, que es de ellos y al cual permanecemos completamente extraños. El jardinero se retiraba al invernáculo para acostarse; sus pasos resonaron sobre él sendero, alejándose paulatinamente.

Alguien produjo dos agudos silbidos hacia la montaña, y de nuevo se sumergió todo en el silencio. Apenas si se oía moverse una hoja; sin embargo, el toldo de la terraza se hinchó de pronto, impulsado por un soplo de aire, y a nuestro alrededor se esparció un perfume más penetrante. Aquel silencio me embarazaba, pero no sabía qué decir. Miré a Sergio Mikailovitch. Sus ojos, brillando en la sombra, estaban fijos en mí.

—¡Qué bueno es vivir en este mundo! —murmuró.

No sé por qué, al oír esas palabras, lancé un suspiro.

—¿Y pues? —dijo él.

—Sí, es muy bueno vivir en este mundo —repetí yo.

Y volvimos a quedamos en silencio, y nuevamente me sentí violenta. Me dominaba de continuo la idea de haberle causado pena al convenir con él en que era viejo; hubiera querido consolarle y no sabía cómo.

—Bueno, adiós —me dijo poniéndose de pie—; mi madre me espera para la cena. Apenas si la he visto hoy.

—¡Y yo que habría querido tocarle una nueva sonata!

—Otra vez será —me contestó con frialdad, o al menos así me lo figuré; y luego, adelantando un paso, dijo con gesto simple:

—¡Adiós!

Entonces me pareció más que nunca que le había causado pena, y me quedé muy triste. Macha y yo le acompañamos hasta la escalinata, y permanecimos en el patio mirando hacia el lado del camino por donde había desaparecido. Cuando ya no se oyó el golpeteo de las pisadas de su caballo, me paseé alrededor de la terraza, luego, me quedé contemplando el jardín, y, a través de la húmeda bruma en cuyo seno palpitaban todos los rumores de la noche, permanecí un largo rato viendo y oyendo cuanto mi fantasía me hacía ver y oír.

Sergio Mikailovitch volvió una y otra vez, y el malestar que me causara la extraña conversación de aquella noche, no tardó mucho en desvanecerse, sin volver a reaparecer jamás.

Durante el verano, vino a vernos dos o tres veces por semana; me acostumbré tanto a él, que, cuando pasaba algún tiempo sin aparecer por casa, me resultaba muy penoso vivir tan sola. Me enfadaba con él interiormente, y consideraba que obraba mal al dejarme tan abandonada. Fue transformándose para conmigo en una especie de compañero amistoso que me hacía preguntas a las cuales respondía yo con entera franqueza y gran sinceridad; me daba consejos, además; me alentaba, y hasta me regañaba a veces, reprimiéndome cuando en necesario.

Mas a pesar de todos sus esfuerzos para mantenerse siempre a mi nivel, percibía yo que al lado de todo lo que conocía de él, existía un mundo entero que le era propio, al cual yo permanecía extraña, y al que él no juzgaba necesario admitirme. Esto más que nada, sostenía la deferencia que me inspiraba, y al mismo tiempo me atraía hacia él. Sabía yo por Macha y por los vecinos que, aparte de los cuidados por su anciana madre, con quien vivía, la administración de sus fincas, y nuestra tutela, tenía también a su cargo varios asuntos concernientes a la nobleza, que le causaban muchos disgustos; pero jamás conseguí averiguar cómo afrontaba aquella situación, ni cuáles eran sus pensamientos, sus planes y sus esperanzas respecto de la misma. Cuando intentaba dirigir la conversación hacia sus negocios, su frente se arrugaba de cierto modo, como si quisiera decir: «Dejemos esto, por favor. Después de todo, ¿qué le importa a usted?», y desviaba el tema de la conversación. Al principio, me sentía ofendida por ello; luego, me acostumbré tanto, que no hablábamos sino de lo que se refería a mí, y acabé por encontrarlo así muy natural.

Aunque de momento me desagradó bastante, más tarde, por el contrario, encontré cierto placer en advertir la perfecta indiferencia, o casi mejor, menosprecio, que demostraba por mi aspecto exterior. Jamás, ni con sus miradas, ni con sus palabras, me daba a entender si le parecía linda; lejos de esto, fruncía el entrecejo y se echaba a reír cuando alguien decía en su presencia que yo no estaba del todo mal. Incluso, se complacía hallando defectos en mi rostro y burlándose de ellos. Los vestidos de moda, los tocados con que Macha solía engalanarme los días de fiesta, no hacían más que provocar sus chanzas, lo cual apenaba grandemente a la buena Macha, y al principio, me desconcertaba a mí también, no sin cierta razón.

Macha creía que yo agradaba a Sergio Mikailovitch, y no acertaba a comprender cómo no prefería que la mujer de su gusto se presentase en la forma que más la favorecía. Más pronto me di cuenta de cómo había de comportarme con él. Quería creer que yo no era coqueta. Y cuando lo hube comprendido bien, no quedó en mí ni sombra de coquetería en materia de indumentaria, de tocado o de porte; la reemplacé mediante leve artimaña, casi inconsciente, con otra coquetería, la de la simplicidad, aun cuando yo mismo no conseguía ser sencilla. Veía que me amaba: no sé si como niña o como mujer; no me lo había preguntado hasta entonces. Su cariño me era muy caro, y comprendiendo que me consideraba la mejor muchacha del mundo, no podía dejar de desear que aquel fraude continuara cegándole. Y, en efecto, le engañaba casi involuntariamente, mas, engañándole, volvíame, de hecho, mucho mejor. Comprendí que sería preferible y más digno, mostrarle las buenas cualidades de mi alma que las de mi persona. Mis cabellos, mis manos, mi rostro, mis modales, fuesen los que fuesen, buenos o malos, habíalos ya apreciado él de una mirada, y no ignoraba que, aun cuando hubiese querido engañarle, no habría podido añadir nada a mi exterior. En cambio, él no conocía mi alma: porque le amaba; porque precisamente entonces, mi alma se hallaba en pleno período de crecimiento y desarrollo. En este punto podía hacerse ilusiones, y se las hizo.

Cómo me sentí aliviada cuando hube comprendido todo esto. Aquellas agitaciones sin motivo, aquella necesidad de movimiento, que en cierta manera me oprimían, desaparecieron por completo. Parecióme desde entonces que de frente, de perfil, de pie o sentada, con el cabello liso o rizado, Sergio Mikáilovitch me miraba siempre con satisfacción; que me conocía ahora por completo, y me figuraba que estaba tan contento de mí como yo misma. Creo verdaderamente que si contra su costumbre, me hubiese dicho de pronto, como los demás, que yo era linda, me habría sentido tal vez algo molestada. Pero, en compensación, ¡qué alegría, qué serenidad! experimentaba yo en el fondo de mi alma cuando, por haber acertado a decir alguna reflexión, él me miraba con atención y me decía en tono emocionado, que pretendía hacer placentero:

—Sí, sí, hay algo en usted; es usted una buena muchacha y debo confesarlo.

¿Por qué recibí yo esas recompensas que llenaban de alegría y orgullo mi corazón? Unas veces por haber dicho que me era simpático el cariño que demostraba el anciano Gregorio a su nietecito, otras, porque me conmovía hasta derramar lágrimas leyendo unas poesías o una novela, o porque había preferido Mozart a Schulofí. Constituía para mí causa de extrañeza la intuición inopinada que me hacía adivinar lo que estaba bien y lo que debía amarse, cuando no sabía aún positivamente lo que era bueno ni lo que merecía amor. La mayor parte de mis costumbres y mis gustos ulteriores le desagradaban, y bastaba un imperceptible movimiento de sus cejas, una mirada, para hacerme comprender que desaprobaba alguna acción mía, y cierto aire de compasión un poco desdeñosa que le era peculiar, para que yo creyese no amar ya lo que antes amara.

Si se le ocurría darme algún consejo acerca de cualquier cosa, sabía ya de antemano lo que iba a decirme. Me interrogaba con una mirada, y la sola mirada me arrancaba el pensamiento que quería el conocer. Todas mis ideas, todos mis sentimientos de aquella época ya no eran propios; sus pensamientos, sus sentimientos, se hacían súbitamente míos, penetraban en mi vida, y, en cierta manera, la iluminaban. De un modo completamente insensible, comencé a mirar las cosas con otros ojos: lo mismo a Macha, que a Sonia, que a mí misma y mis propias ocupaciones. Los libros que leyera en otro tiempo, con la única finalidad de combatir el hastío, me carecieron de súbito como uno de los mayores encantos de la vida; y sólo por la mera razón de que hablábamos de libros con Sergio Mikailovitch, que los leíamos juntos, y que él me los traía.

Antes de esto, las lecciones que yo daba a Sonia las consideraba como una penosa obligación, que me esforzaba en cumplir sólo por sentimiento del deber; pero ahora que asistía él a algunas lecciones, los progresos de Sonia constituían una de mis alegrías. Siempre me había parecido imposible aprender una obra entera de música, y al presente, sabiendo que él la escucharía y que tal vez la aplaudiría, no vacilaba en tocar ni que fuera cuarenta veces el mismo pasaje, tanto, que la pobre Macha terminó por taparse los oídos con algodón en rama, mientras que yo, en cambio, no encontraba en ello ningún fastidio. Aquellas melódicas sonatas se parafraseaban entonces bajo mis dedos en forma muy distinta y bien superior a la de antes. La misma Macha, a quien conocía tanto y amaba como a mí misma, había cambiado mucho a mis ojos. Sólo entonces comprendí que nada ni nadie la había obligado a ser lo que fue para nosotros: una madre, una amiga, una esclava de nuestros caprichos. Comprendí toda la abnegación, toda la generosidad de aquella criatura tan cariñosa; comprendí la grandeza de mis obligaciones hacia ella, y la quise por ello tanto más.

Sergio Mikailovitch me enseñó además a considerar a nuestros servidores y a nuestros campesinos bajo un aspecto completamente distinto de cómo los juzgara hasta entonces. Será todo lo cómico que se quiera; pero a los diez y siete años, vivía entre ellos como una extraña, lo mismo que si se tratara de personas a quienes jamás hubiese visto, y sin ocurrírseme ni por asomo que pudiesen ser seres susceptibles también de amor, de deseos y de pesares, como yo misma. Nuestro jardín, nuestros bosques, nuestros campos, que conocía desde mi tierna infancia, se convirtieron de pronto para mí en objetos nuevos, cuya belleza empezaba a admirar. No sin razón decía Sergio a menudo, que en la ida había sólo una felicidad cierta: la de vivir para los demás. Esto me parecía extraño y no lo comprendía; mas tal convicción, a pesar de mis ideas, iba penetrando poco a poco en el fondo de mi alma. En una palabra, Sergio Mikailovitch abrió ante mí una nueva vida, llena de goces en lo presente, sin cambiar nada en mi antigua existencia y sin añadirle nada tampoco, pero incrementando el desarrollo de todas mis sensaciones. Todo, desde mi infancia, había quedado envuelto a mí alrededor en una especie de silencio, y esperaba únicamente su presencia para levantar la voz, hablar a mi alma y llenarla de felicidad.

Muy a menudo, en el transcurso de aquel verano, subía yo a mi cuarto y me tendía en la cama, y allí, en lugar de las pasadas angustias de la primavera, pletóricas de deseos y de esperanzas en lo por venir, oprimíame otra turbación: la de la felicidad presente. No podía dormirme; me incorporaba; me sentaba en la cama de Macha, y contaba a ésta que me sentía perfectamente feliz, lo cual, al recordarlo hoy, veo que era innecesario, pues lo veía ella bien sin necesidad de explicaciones. Me respondía que ella tampoco tenía nada que desear, que se sentía muy dichosa, y me besaba. La creía porque juzgaba necesario y justo que todos fuesen felices.

Pero Macha había de ceder a las exigencias del sueño, y haciéndose la enfadada me conminaba a que me retirara de su cama y la dejara dormir, mientras que yo, al contrario, permanecía largo rato despierta, contrapesando una y otra vez todos mis motivos de felicidad. En algunas ocasiones, me levantaba y empezaba por segunda vez mis rezos, pues en la exuberancia de mi corazón, oraba para mejor dar gracias a Dios por la felicidad que me concedía.

En mi habitación todo era apacible, sólo se oía el tranquilo respirar de Macha durante su sueño, y el tic-tac de su reloj colgado de la cabecera; yo daba vueltas, pronunciando algunas palabras, me persignaba o besaba la cruz que llevaba colgada del cuello. Las puertas estaban cerradas; los postigos ocultaban las ventanas; hasta mí llegaba el zumbido de alguna mosca, que se agitaba en un rincón. Hubiera deseado no abandonar ya más aquella estancia; me hubiera gustado que la mañana no viniera a disipar aquella atmósfera impregnada de mi alma, por la cual me sentía envuelta.

Parecíame talmente que mis sueños, mis pensamientos, mis oraciones, eran otras tantas esencias animadas, que, en aquellas tinieblas, vivían conmigo, revoloteaban alrededor de mi lecho, y flotaban por encima de mi cabeza. Y cada pensamiento era su pensamiento, y cada sentimiento su sentimiento. Ignoraba yo aún lo que es el amor; me figuraba que podía ser siempre así, y que semejante sentimiento se daba generalmente sin exigir reciprocidad.

CAPÍTULO III

Un día, en la época de 1«recolección del trigo, bajamos al jardín depués de comer, Macha, Sonia y yo, y nos sentamos en nuestro banco favorito, a la sombra de los tilos de un terraplén, desde el cual se divisaban los campos y los bosques. Hacía ya tres días que Sergio Mikailovitch no había venido a vernos, y le esperábamos, tanto más cuanto que aquel día, justamente había prometido a nuestro administrador ir a inspeccionar la recolección.

Hacia las dos, en efecto, le vimos cruzar una altura en medio de un campo de centeno. Macha, mirándome con una sonrisa, ordenó traer melocotones y cerezas, frutas que a él le gustaban mucho; luego se recostó en el banco y quedóse adormilada. Arranqué una rama de tilo, cuyas hojas y corteza rezumaban savia, y alejando con ella las moscas a Macha, proseguí mi lectura, no sin volverme a cada instante, hacia el camino del campo por el cual él debía llegar. En cuanto a Sonia, sentada sobre una vieja raíz de tilo, entreteníase tejiendo una cuna para su muñeca.

El día era caluroso, sin viento; nos sentíamos como en un horno; las nubes, formando un vasto círculo en el horizonte, se habían ensombrecido desde por la mañana, amenazando tormenta, lo que, como de costumbre en tales casos, me había excitado fuertemente. Mas después de mediodía, aquellas nubes empezaron dispersarse, el sol apareció en el seno de un cielo purificado, los truenos retumbaban ya sólo en un punto lejano, arrastrando su estrépito por las profundidades de una pesada nube que, en el mismo límite del cielo y la tierra, se confundía con el polvo de los campos, y era surcada de cuando en cuando por el pálido zig-zag de un relampagueo distante. Resultaba evidente que, al menos donde nos encontrábamos, no era de temer la tempestad por aquel día. Al propio tiempo, por la parte del camino que se descubría detrás del jardín, no dejaban de oírse los lentos y prolongados ruidos de un carro lleno de gavillas, o los rápidos vaivenes de las carretas que se cruzaban vacías, y los pasos apresurados de los conductores, cuyas camisas ahuecaba el viento. El espeso polvo no se elevaba ni caía; quedaba suspendido por encima de los setos, entre el follaje transparente de los árboles del jardín. Más allá, se alzaba el rumor de otras voces, o, hacia la parte de la granja, el chirrido de otras ruedas, y los dorados haces, transportados lentamente y amontonados al pie del careado, volteaban por el aire e iban apilándose; muy pronto, mis ojos distinguieron las hacinas, de forma cónica, rematadas en agudas techumbres, y las siluetas de los campesinos que hormigueaban alrededor. Además, en medio de aquello» campos polvorientos, circulaban otras carretas, desfilaban otros haces amarillentos, y en la lejanía, el eco de ruedas, de voces y de cantos llegaba también hasta mí.

El polvo y el calor lo invadían, todo, excepto nuestro rincón favorito del jardín. De todas partes, sin embargo, en el seno de aquel calor y de aquel polvo, bajo el fuego de aquel sol ardiente, un pueblo de trabajadores charlaba, bromeaba, y se movía. Yo contemplaba a Macha, que dormía dulcemente sobre nuestro banco tan fresco, resguardada bajo su pañuelo de batista; las cerezas negras y jugosas del plato; nuestros vestidos ligeros y resplandecientes de limpios, y la jarra de cristalina agua, en donde se quebraban, irisándose, los rayos del sol. Y experimentaba en ello un singular bienestar. «¿Qué hacer? —pensaba—; ¿acaso soy culpable de sentirme tan dichosa? ¿Mas cómo esparcir esta dicha en torno mío? ¿A quién consagrarse por completo, una misma y toda su ventura?».

El sol había desaparecido ya tras las copas de los grandes árboles del paseó; el polvo se había posado sobre el suelo; descubríase más recortadas y luminosas, bajo la acción de los oblicuos rayos solares, las lejanías del paisaje; las nubes se habían disipado por completo. Al otro lado de los árboles, cerca de la granja, veía alzarse tres nuevas filas de haces, y los campesinos que bajaban de las mismas; y, en fin, por última vez en aquel día, las carretas pasaban rápidamente haciendo resonar el aire con el ruidoso concierto de su marcha estrepitosa.

Las mujeres, mezclando sus cantos en la algazara general, regresaban a la casa, con el rastrillo al hombro y las sogas en la cintura, pero Sergio Mikailovitch no llegaba aún, a pesar de que mucho rato antes había vuelto a verle al pie de la montaña. De pronto apareció a un extremo del paseo, en un sitio por donde no le esperaba, pues había rodeado el terraplén. Al aparecer, mostrando su rostro alegre y verdaderamente radiante, dirigióse hacia mí. Cuando vio a Macha, dormida aún, se mordió los labios, guiñó los ojos y avanzó de puntillas; noté en seguida que en aquel momento se hallaba en una de esas especiales disposiciones de júbilo sin causa determinada, que tanto me agradaban en él, y que llamábamos entre nosotros el «transporte salvaje». Entonces parecía realmente un escolar escapado de clase; todo su ser, de pies a cabeza, respiraba contento y felicidad.

—Buenas tardes, joven violeta. ¿Cómo vamos? ¡Bueno! —dijo en voz baja, aproximándose y estrechándome la mano—. Yo perfectamente también —respondió, a una pregunta semejante de mi parte—. Hoy no tengo en realidad más que trece años, y me vienen ganas de jugar a los caballitos y de encararme a los árboles.

—¡El transporte salvaje! —repliqué, mirando sus ojos sonrientes y sintiendo que aquel «transporte salvaje» iba ganándome también a mí.

—Sí —murmuró él, y al propio tiempo me hizo un guiño con el ojo, esforzándose por no reír—. Pero, ¿por qué tiene usted tan mala voluntad a esa pobre Macha Karlovna?

No me había fijado, efectivamente, que, al seguir agitando, distraída, la rama de tilo, rozaba con las hojas el pañuelo de batista y el rostro de Macha. Me eché a reír.

—Y luego dirá que no ha dormido —observé en voz baja, como si tratara así de no despertar a Macha; pero no lo hacía por esto, en realidad, sino porque me resultaba agradable hablarle en cuchicheos.

Por su parte, Sergio Mikailovitch contraía los labios escarneciéndome, como si me dijera también alguna cosa que no debiera ser oída de nadie.

Después, al ver de pronto el plato de cerezas, fingió que se lo apropiaba a hurtadillas, corrió hacia Sonia y fue a sentarse debajo del tilo, en el lugar de la muñeca. Sonia estuvo a punto de enfadarse, mas pronto hicieron las paces, organizando un juego en el que entre ambos iban comiéndose las cerezas, a porfía.

—¿Quiere usted que mande traer más —dije—, o prefiere que vayamos nosotros mismos a buscarlas?

Sergio Mikailovitch cogió el plato, puso las muñecas encima y los tres nos fuimos al cerezal. Sonia, riéndose, corría detrás de él, y le tiraba del gabán para que le devolviera las muñecas. Sergio Mikailovitch se las devolvió, y encarándose muy seriamente conmigo me dijo, en voz baja aún, si bien no había ya nadie allí a quien se temiera despertar:

—Vamos, ¿cómo no convenir en que es usted una violeta? Desde que me acerqué a usted, después de haber arrostrado tanto polvo, calor y fatiga, creí percibir el perfume de esta flor; no, ciertamente, el de la violeta hecha ya, de croma fuerte y penetrante, sino el de la primera que aparece, modesta aún, que respira a la vez las nieves postreras y las hierbas primaverales…

—Mas dígame, ¿marcha bien la recolección? —le atajé para ocultar la alegre confusión que sus palabras me producían.

—¡A maravilla! Esta gente es en todas partes excelente, y cuanto más se la conoce, más se la quiere.

—¡Oh, sí!, ahora mismo, antes de su llegada, he estado siguiendo el trabajo con la vista desde el sitio en que me hallaba, y he tenido plena conciencia de sus esfuerzos, mientras que yo me hallaba entregada a una ociosidad…

—No juegue con estos sentimientos, Katia —interrumpió con aire serio, dirigiéndome al propio tiempo una mirada cariñosa—, el trabajo es una obra santa. ¡Dios la libre de hacer ostentación de semejantes ideas!

—Por eso mismo, sólo las confío a usted.

—Ya lo sé. ¿Y las cerezas?

El cerezal estaba cercado y la verja cerrada, y no había un solo hortelano (Sergio los había mandado todos al campo). Sonia corrió a buscar la llave, pero él, sin esperar a que regresara, se encaramó por uno de los ángulos, agarrándose a las plantas trepadoras, y saltó al otro lado.

—¿Quiere darme el plato? —dijo desde allí.

—No, me gustaría cogerlas yo misma; iré a buscar la llave, pues sin duda, Sonia no la encuentra.

Pero, al mismo tiempo sentí el antojo de sorprender qué hacía él allí, qué miraba, en una palabra; cómo era cuando se figuraba no ser visto de nadie. O tal vez, más simplemente, no tenía deseos, en aquel momento, de perderle de vista ni un solo minuto. Andando de puntillas a través de las ortigas, di la vuelta al cercado del cerezal y llegué al extremo opuesto, donde la valla era más baja. Entonces me subí sobre un barril vacío, de forma que el muro me llegaba sólo al pecho, y me asomé al recinto. Recorrí con la mirada todo lo que éste contenía, los viejos árboles encorvados con sus grandes hojas dentadas, de los que pendían verticalmente los racimos de frutas negruzcas y jugosas, y metiendo la cabeza entre el follaje, contemplé a Sergio Mikailovitch a través de las retorcidas ramas de un viejo cerezo. No dudaba ciertamente de que yo me hubiese marchado, y estaba seguro de que nadie podía verle.

Hallábase sentado sobre los restos de un árbol caído, con la cabeza descubierta y los ojos cerrados, y daba vueltas negligentemente entre sus dedos a un fragmento de goma de cerezo.

De pronto, abrió los ojos y murmuró algo sonriendo. Aquella palabra y aquella sonrisa tenían tan poco de común con todo lo —que yo conocía de él, que me sentía avergonzado de espiarlo. Parecióme, en efecto, que aquella palabra era: «¡Katia!».

«Esto no puede ser» —pensé.

«¡Oh, mi querida Katia!», repitió más suavemente con mayor ternura. Y esta vez entendí las dos palabras con toda claridad. El corazón me latió tan fuertemente, me sentí penetrada de una animación tan jovial, me sentí sobrecogida de tal manera, que hube de agarrarme al muro para no caer y descubrir mi presencia. Sergio Mikailovitch percibió mi movimiento, y miró asustado a su alrededor; después, bajando súbitamente los ojos, enrojeció como un niño. Quiso decirme algo, mas no pudo, y su rostro encendióse más y más. Sin embargo, sonrió al mirarme. Yo también le sonreí. Toda su fisonomía respiraba felicidad; ya no era, no, ya no era el tutor que prodigaba mimos y enseñanzas; tenía ante mí a un hombre que estaba a mi propio nivel; que me amaba y me temía; a un hombre, que yo misma temía y amaba. No nos dijimos nada, limitándonos a miramos uno a otro, Pero, súbitamente, frunció el entrecejo; la sonrisa y el fulgor de sus ojos desvaneciéronse a Una, y recobró para conmigo su actitud fría y paternal, como si hubiésemos hecho algo malo, se dominara y me aconsejara hacer lo mismo.

—Baje de ahí; se puede hacer daño —dijo— Y arréglese los cabellos. ¡Si viera lo que parece! ¿Por qué disimula así? ¿Por qué quiere hacerme sufrir?", pensé yo con despecho. Y en aquel momento asaltóme deseo irresistible de turbarlo aún mis, y de ver hasta dónde llegaba mi influencia sobre él.

—No; quiero coger yo misma las cerezas —contesté; y afianzándome con las dos manos en una rama próxima, salté por encima del muro. Antes de que

Sergio Mikailovitch tuviera tiempo de acudir, me hallaba ya dentro del recinto, entre los cerezos.

—¿Qué locura está usted haciendo? —exclamó, ruborizándose de nuevo, y esforzándose por ocultar su turbación bajo una apariencia de despecho… Podía haberse hecho daño. ¿Y cómo saldría ahora de aquí?

Se hallaba más azorado aún que antes; pero, ahora aquel azoramiento ya no me gustaba, sino que por el contrario me espantaba. La misma turbación hizo presa en mí; enrojecí, y me separé de él, no sabiendo ya qué decirle, y empecé a coger fruta que no tenía dónde poner. Me hacía reproches a mí misma; me arrepentía; tenía miedo, y parecíame que con aquella acción me había perdido para siempre ante sus ojos. Permanecimos así los dos, sin hablar, y a ambos nos pesaba este silencio. Sonja, al llegar corriendo con la llave, nos sacó de aquella embarazosa situación. Persistimos, sin embargo, en no hablarnos, y nos dirigíamos de preferencia, uno y otro, a Sonia.

Cuando llegamos al lado de Macha, quien juró no haber dormido y haberlo oído todo, me tranquilicé, y él intentó reanudar de nuevo su tono de paternal protección. Pero este intento no le salió bien, y no consiguió cambiar mi impresión; tenía aún muy presente el recuerdo de cierta conversación sostenida dos días antes.

Macha, había emitido la opinión de que el hombre ama con más facilidad que la mujer, y sabe también expresar más fácilmente su amor. La había resumido así:

—El hombre puede decir que ama, y la mujer, no.

—Pues a mí, me parece que el hombre no debe ni puede decir si ama —había replicado Sergio Mikailovitch.

Y al preguntarle yo por qué, prosiguió:

—Porque esto será siempre una mentira. ¿Qué significa este descubrimiento de que un hombre ama? Como si no tuviera que hacer sino pronunciar esta palabra, y surgiera ya algo extraordinario. Creo sinceramente que las personas que dicen solemnemente: «te amo», se engañan a sí mismas, o lo que es peor aún, engañan a los demás.

—Así, pues, según usted, una mujer conocerá que la aman por más que no se lo digan —observó Macha.

—Eso es lo que no sé. Cada hombre tiene su manera de expresarse; pero hay sentimientos que saben hacerse comprender. Cuando leo alguna novela, procuro siempre representarme el semblante turbado y el desconcierto del protagonista al decir: «Leonor, ¡te amo!», figurándose que de pronto va a producirse algo extraordinario, cuando en realidad no se produce nada en absoluto, ni en ella, ni en él: el semblante, la mirada, y todo lo demás, siguen siendo los mismos de antes.

Tras esa chanza creí deducir que se ocultaba un sentido serio que bien podía referirse a mí; pero Macha no con sentía hacer mucho hincapié en los héroes de novela.

—¡Siempre con paradojas! —había exclamado—. Vamos, sea usted franco, ¿no ha dicho usted nunca a ninguna mujer que la amaba?

—Jamás lo he dicho; jamás he doblado la rodilla ante ninguna —había respondido sonriendo—, y jamás lo haré.

«Efectivamente, no tiene para qué decirme que me ama —pensaba yo al acordarme de aquella conversación—. Me ama, y yo lo sé. Y todos sus esfuerzos para parecer indiferente no lograrán convencerme de lo contrario».

Durante toda aquella velada, me habló muy poco; mas en cada una de sus palabras, en cada uno de sus movimientos y de sus miradas, percibía yo el amor, sin caberme la menor duda del mismo. Lo único que me causaba algún despecho y pena, era ver que juzgase aún necesario Ocultarlo y fingir frialdad, cuando ya todo era tan claro, y cuando tan fácil y simplemente habríamos podido ser felices, incluso más allá de lo posible. Mas, por otra parte, me atormentaba yo con severos reproches por haber saltado al recinto del cerezal, y me parecía que por ello iba a dejar de estimarme y abrigaría algún resentimiento en contra de mí.

Después del té, me acerqué al piano y él me siguió.

—Toque algo, Katia; hace ya mucho que no la he oído tocar —dijo alcanzándome en el salón.

—Quisiera… Sergio Mikailovitch… —y súbitamente le miré a los ojos— ¿No está usted enfadado conmigo?

—¿Y, por qué?

—Por no haberle obedecido esta tarde —respondí ruborizándome.

Sergio Mikailovitch me comprendió; meneó la cabeza, y se sonrió. Y aquella sonrisa pregonaba bien a las claras que me habría regañado un poco, pero que ya no se sentía con ánimo de hacerlo.

—Todo ha pasado, ¿verdad? ¿Volvemos a ser buenos amigos? —dije, sentándome al piano.

—Así lo creo.

En aquella espaciosa sala, muy alta de techo, no había más que dos bujías sobre el piano, y el resto de la estancia quedaba sumido en la penumbra. Por las ventanas abiertas descubríanse los luminosos aspectos de una noche de verano. En todas partes reinaba la calma más perfecta, interrumpida sólo de cuando en cuando por el crujido de los pasos de Macha en el salón, sin alumbrar, y por el caballo de Sergio Mikailovitch, que apersogado al pie de una de las ventanas, piafaba y relinchaba impacientemente. Sergio Mikailovitch sentose detrás de mí, de modo que no me resultaba posible verle; mas en el seno de la incompleta oscuridad de aquella estancia, en los sonidos que la llenaban, en el fondo de mí misma, percibía yo su presencia. Cada una de sus miradas, cada uno de sus movimientos, que yo no podía distinguir, penetraban y resonaban en mi corazón. Interpreté la sonata fantasía de Mozart, me él me regalará, y que yo aprendí delante de él y para él. No pensaba ni mucho menos en lo que estaba tocando, mas por lo visto lo hacía bien, y parecióme que le gustaba. Compartí el placer que él experimentaba, y, sin verle, comprendí que desde su sitio, tenía fijos los ojos en mí.

Por un impulso involuntario mientras mil dedos seguían recorriendo las teclas sin conciencia de lo que hacía, le miré también; su cabeza se destacaba sobre el fondo luminoso de la noche. Estaba sentado, con la frente apoyada en la mano, y Ése contemplaba atentamente con sus refulgentes ojos. Al sorprender esta mirada, sonreí y cesé de tocar. Él también sonrió e inclinó la cabeza sobre la partitura con aire de reproche, como si me pidiera que continuase. Cuando hube terminado, la luna, en el punto más alto de su carrera, lanzaba vivos resplandores, y al lado de la tenue luz de las bujías, vertía en la estancia, por las ventanas, torrentes de otra claridad, argentina, que inundaba con sus reflejos el pavimento. Macha dijo que lo que yo interpretaba no se parecía a nada, que me había interrumpido en el pasaje más bello, y que, además, había tocado mal. Sergio Mikailovitch protestó, afirmando, por el contrario, que jamás había tocado tan bien como aquel día; luego se puso a pasear de la sala al talón, que estaba a oscuras, y cada vez que te acercaba a mí, me miraba y me sonreía. Yo me sonreía así mismo, aunque sin causa alguna. Sentía grandes deseos de reír, de tan feliz que me consideraba por lo ocurrido aquella tarde y en aquel mismo instante. Aprovechando un momento en que la puerta le ocultaba, me arrojé al cuello de Macha, y empecé a besarla en mi lugar favorito, su cuello macizo, y por debajo del mentón; luego, así que él volvió a acercarse, recobré mi serenidad, y retuve la risa con gran esfuerzo.

—¿Qué le ocurre hoy a esta criatura? —le preguntó Macha.

Más Sergio Mikailovitch no respondió, y empezó a bromear por su cuenta. No ignoraba lo que me ocurría.

—¡Miren que noche tan hermosa! —exclamó desde el salón en donde permanecía de pie, delante del balcón que daba al jardín.

Fuimos a reunimos con él, y, efectivamente, hacía una noche como jamás he vuelto a ver otra. La luna llena brillaba detrás de nosotros, por encima del edificio, con un resplandor que jamás he vuelto a observar; la mitad de las sombras proyectadas por los techos, los pilares y el toldo de la terraza, se recortaban al sesgo y como en escorzo sobre la arenosa avenida y sobre el gran óvalo de césped. Todo lo demás fulguraba de luz, y se hallaba cubierto de un rocío plateado por la claridad de la luna. En el espacio y en la bruma, perdíase un ancho camino bordeado de flores, que cortaban de través, sobre uno de sus márgenes, las sombras de las dalias y de sus puntales, verdadera vía fresca y luminosa, en la que relucían agudos guijarros. Veíanse brillar detrás de los árboles los tejados del invernadero, y desde el fondo de la torrentera se elevaba una niebla que iba espesándose por momentos. Las ramas de lilas, algo deshojadas ya, hallábanse iluminadas hasta el pie de sus tallos. Refrescadas por el rocío, las flores podían ahora distinguirse unas de otras. En los paseos, la sombra y la luz se confundían de tal manera que no parecían ya árboles y senderos, sino edificios transparentes, agitados por suaves vibraciones. A la derecha, en la obscuridad de la casa, todo era negro, indistinto, casi imponente. Pero más allá, resaltaba más resplandeciente aún sobre esta zona oscura, la copa fantástica de un álamo, que, por no sé qué extraño efecto, recortábase cercana y por encima de la casa en una aureola de clara luz, en vez de sumirse en las profundas lontananzas de aquel cielo azul sombrío.

—Vamos a pasear —dije.

Macha consintió, pero añadió que debía ponerme los chanclos.

—No es necesario —repliqué—; Sergio Mikailovitch me dará el brazo.

¡Como si eso hubiese podido impedir que me mojara los pies! Pero, en aquel momento, para cada uno de nosotros tres, tal absurdo era admisible y no tenía nada de extraño. Nunca me había dado el brazo, mas ahora lo tomé por mí misma, sin que le causara sorpresa. Bajamos los tres a la terraza. Todo aquel universo, aquel cielo, aquel jardín, aquel aire que respirábamos, no me parecían ya los que siempre había conocido.

Cuando miré ante mí, por la avenida en que entrábamos, figuróseme que no se podía avanzar más, que allí acababa el mundo posible, y que todo debía permanecer allí para siempre jamás, fijado en su belleza presente.

Sin embargo, a medida que avanzábamos, aquella muralla encantada, construida de pura belleza, apartábase de nosotros, dejándonos paso libre, y entonces, me encontraba de nuevo en medio de objetos familiares: jardín, árboles, senderos, hojas secas. Y era por aquellos senderos por los que paseábamos, y atravesábamos los luminosos círculos alternados con otras esferas de tinieblas; eran aquellas hojas secas las que crujían bajo nuestros pies, aquellas tiernas ramas las que azotaban mi rostro. Sí, era ciertamente él, quien iba a mi lado, andando con pasos lentos e iguales, dejando con reserva y circunspección que mi brazo descansara sobre el suyo. Era ciertamente la luna, desde lo alto de los cielos, la que nos iluminaba a través de las ramas inmóviles.

Miré un momento a Sergio Mikailovitch. No había un solo tilo que se elevara en la parte de la avenida que atravesábamos, y su rostro se me aparecía completamente iluminado. Era tan hermoso, y ofrecía un aspecto tan feliz…

Me decía: «¿No tiene usted miedo?».

Y yo oíale decirme: «¡Te amo, querida niña; te amo; te amo!». Su mirada lo repetía, y su brazo también; y la luz y la sombra, y el aire y todas las cosas le repetían también.

Recorrimos así todo el jardín. Macha andaba cerca de nosotros, dando pasito: cortos y respirando penosamente porque se había fatigado. Dijo que ya era hora de regresar, y me daba pena, mucha pena, la pobre mujer: «¿Por qué no siente lo mismo que nosotros?», pensé yo. «¿Por qué, todo el mundo no es siempre joven y dichoso? ¡Cómo respira esta noche juventud y dicha, y nosotros con ella!».

Volvimos a casa, pero Sergio Mikailovitch tardó mucho tiempo en retirarse. Macha no nos advirtió que era tarde; charlamos de toda clase de cosas, bastante fútiles, por cierto, sentados unos muy cerca de otros, sin tener la menor idea de que fuesen ya las tres de la madrugada. Los gallos habían cantado por tercera vez cuando Sergio Mikailovitch se marchó. Despidióse lo mismo que siempre, sin decir nada de particular; mas yo sabía, sin que me cupiera la menor duda, que a partir de aquel día, era mío, y que ya no podía perderlo jamás. En cuanto reconocí que le amaba de tal modo, se lo conté todo a Macha. Se alegró mucho, y se emocionó, mas la pobre mujer ya no pudo dormir aquella noche, y por mi parte, seguí aún largo rato, paseándome por la terraja recorriendo el jardín, tratando de recordar todas las palabras, los hechos, y volviendo a pasar por los mismos sitios que habíamos recorrido juntos. No me acosté en toda la noche, y, por primera vez en mi vida, vi la salida del sol y supe lo que era un amanecer. Jamás he revivido una noche ni un amanecer como aquéllos.

Sólo me preguntaba por qué no me decía simplemente que me amaba. «¿Por qué —pensaba yo—, inventa tal o cual dificultad; por qué se trata de viejo, cuando todo es tan sencillo y hermoso? ¿Por qué perder así un tiempo precioso, que tal vez no volverá jamás?». Que diga, pues, que me ama, que lo diga en términos adecuados, que tome mi mano en la suya, que incline la cabeza y me diga: «¡Amo!». «Que baje los ojos, ruborizándose delante de mí, y entonces yo se lo diré todo. O mejor, no le diré nada; le estrecharé en mis brazos y me echaré a llorar. ¿Y si yo me equivocara y no me amase?». Esta idea penetró súbitamente en mi espíritu.

Me asusté de mi propio sentimiento. Sabe Dios dónde habría podido conducirme, y ya me oprimía el corazón y me pesaba el recuerdo de su azoramiento y del mío en el cerezal, cuando salté a su lado. Las lágrimas humedecieron mis ojos, y recé. Acudióseme entonces una idea muy extraña que me produjo gran alivio e hizo renacer en mí la esperanza. Resolví empezar mis ejercicios religiosos, y escoger el día de mi natalicio para convertirme en su prometida.

¿Cómo y por qué? ¿Cómo iba a suceder esto? No sabía nada, mas en aquel momento, creí firmemente que sería así. Entretanto, era ya completamente de día, y todo el mundo se levantaba cuando regresé a casa.

CAPÍTULO IV

Nos hallábamos en la Cuaresma de la Asunción, y por lo tanto, nadie sorprendióse de mi proyecto de empezar entonces mis ejercicios espirituales. Durante toda la semana, Sergio Mikailovitch no vino a vemos ni una sola vez, y lejos de sorprenderme, de alarmarme, o molestarme por ello, me alegraba de que no viniera, y no lo esperaba hasta el día de mi cumpleaños.

En el transcurso de aquella semana, me levante todos los días muy temprano, y mientras enganchaban el carruaje, paseándome sola por el jardín, evocaba el pasado, y meditaba acerca de lo que me convenía hacer para encontrarme satisfecha de mí misma al llegar la noche, y orgullosa de no haber cometido ninguna falta.

Cuando el coche estaba listo, subía a él acompañada de Macha, o de una doncella, y nos marchábamos a la iglesia, a unas tres verstas de casa. Al entrar en la iglesia, me acordaba siempre de que allí se reza por todos aquellos «que entran con el santo temor de Dios» y me esforzaba en elevarme hasta aquella idea, sobre todo en el momento de franquear los dos escalones del atrio que cubrían las hierbas.

En aquella hora, no había, de ordinario, más de una docena de personas en la iglesia, campesinos y siervos que se preparaban para hacer sus ejercicios piadosos. Yo me desvivía por responder con ejemplar humildad a sus saludos y, cosa que consideraba una hazaña, me dirigía personalmente al cajón de los cirios para tomar algunos de manos del viejo soldado que hacía las veces de starosta, y luego iba a colocarlos ante las imágenes. A través de la puerta del santuario, descubría el mantel del altar, que mamá había bordado, y encima de la imagen, dos ángeles rodeados de estrellas, que de pequeña había hallado muy grandes, y una paloma circundada de dorada aureola que en aquella época absorbía muy a menudo mi atención. Detrás del coro, entreveía la pila bautismal toda abollada, sobre la cual había sostenido tantas veces a los niños de nuestros siervos, y donde yo misma había sido bautizada. El viejo presbítero, aparecía en su casulla hecha del paño mortuorio que cubría el ataúd de mi padre, y entonaba el oficio con la misma voz que, retrocediendo en mi memoria, reconocía como la que cantara en nuestra casa los oficios de la iglesia, en el bautizo de Sonia, en los responsos de mi padre y en el entierro de mi madre. Después, oí resonar en el coro aquella otra voz cascada del chantre, que me era tan familiar. Veía, como siempre, a cierta anciana arrodillada que asistía a todos los oficios, arrimada al muro, estrechando entre sus manos cruzadas un pañuelo desteñido, y mirando fijamente, con ojos empañados por las lágrimas, una de las imágenes del coro, mientras su boca desdentada mascullaba no sé qué oración Y no era la simple curiosidad o las reminiscencias las que me aproximaban a todos estos objetos, a todos estos seres: todos se mostraban a mis ojos grandes y santos, todos llenos de un profundo sentido.

Prestaba gran atención a todas las palabras de la plegaria que leían; trataba de poner mis sentimientos en consonancia con ellas, y si no las comprendía, pedía mentalmente a Dios que me iluminara, o bien substituía con mis propios rezos aquellos que no entendiera bien. Cuando leían las oraciones de penitencia, acordábame de mi pasado, y aquel pasado de mi inocente infancia se me antojaba tan negro en comparación con el estado de serenidad en que se hallaba mi alma en aquel momento, que, asustada, lloraba por mí misma; mas sentía al mismo tiempo que todo me era perdonado, y que aun cuando hubiera tenido muchas más faltas que reprocharme, el arrepentimiento hubiera sido tanto más dulce.

Al terminar el oficio, en el momento de pronunciar el sacerdote las palabras: «Que la bendición del Señor sea con vosotros», creía experimentar instantáneamente, y comunicarse a toda mi persona, un sentimiento de bienestar físico, como si una corriente de luz y de calor me penetrara de pronto hasta el corazón.

Terminado el oficio, si el sacerdote se acercaba a mí, y me preguntaba si había de venir a casa a celebrar las vísperas, y cuándo quería que viniese, se lo agradecía con emoción, y le contestaba que iría yo misma a la iglesia, a pie o en coche.

—¿De manera que quiere usted tomarse esta molestia? —me respondía.

Yo no sabía qué replicar por miedo a pecar de orgullosa.

Desde la iglesia, solía mandar que se retirara el coche, si no venía Macha con migó, y regresaba sola a pie, saludando profunda y humildemente a todos los que encontraba, buscando ocasiones para favorecerles, para darles consejos, para sacrificarme por ellos de uno u otro modo, ayudando a levantar algún carro volcado, arrullando a algún niño en brazos, o metiéndome en el barro para ceder el paso.

Una tarde, oí decir al administrador, quien pasaba cuentas con Macha, que un aldeano, Simón, había ido a pedirle una tabla de pino para el ataúd de su hija, y un rublo para los funerales, y que se lo había facilitado todo.

—Pero, ¿tan pobres son? —pregunté yo.

—Muy pobres, señorita; viven sin sal —repaso el administrador.

Se me oprimió el corazón, y al propio tiempo alegreme, en cierta manera, de haberme enterado de aquello. Haciendo creer a Macha que iba a pasear, subí corriendo a mi cuarto, cogí todo el dinero que tenía (había muy poco, pero no disponía de más); y, después de persignarme, me marché sola por la terraza y el jardín, hacia la aldea y la isba de Simón. Estaba en un extremo de la aldea, y sin que nadie me viera, me acerqué a la ventana, y sobre la misma dejé el dinero, y llamé. Entonces rechinó la puerta, salió alguien de la vivienda, y llamó; pero yo helada, y temblando de miedo como si hubiera cometido un crimen, hui corriendo a casa. Macha preguntóme qué tenía y de dónde venía. Mes yo ni tan sólo comprendí lo que decía ni le contesté nada. En aquel momento, todo me parecía cosa de poca monta y sin consecuencias.

Una vez en mi habitación, me paseé durante largo rato sola, de un extremo a otro, no sintiéndome en disposición de hacer nada de pensar nada, e incapaz de darme cuenta de mis propios sentimientos. Imaginábame la alegría de aquella familia, las palabras que se escaparían de su boca en loor de quien les hubiese dejado el dinero, y hasta me daba pena, entonces, no habérselo entregado yo misma. Preguntábame qué habría dicho Sergio Mikailovitch si hubiese sabido aquel paso, y gozaba al pensar que no lo sabría jamás. Sentíame invadida de tal júbilo, tan penetrada de la imperfección de todos y de mí misma, me consideraba a mí y a todos con tanta dulzura que la idea de la muerte se me aparecía como una visión de dicha. Sonreí, recé, lloré, y en aquel instante amé de pronto a todos los seres que moran en el mundo; y me amé a mí misma con extraño ardor. Leyendo mis libros piadosos, hallé muchos pasajes del Evangelio, y cuanto leía de aquel libro parecíame más y más inteligible; la historia de aquella vida divina me resultaba más conmovedora y sencilla que nunca, y las profundidades de sentimiento que descubría en aquella lectura, más terribles y más impenetrables. Pero, cuando hube terminado, parecióme todo claro y fácil, considerando de nuevo la vida a que me había lanzado, y meditando acerca de la misma. Parecióme imposible no vivir ejemplarmente, y muy simple amar a todo el mundo y ser amada de todos. Por otra parte, todos eran tan buenos y amables conmigo, incluso Sonia, a quien seguía dando las lecciones, y que se había transformado por completo, esforzándose por comprenderlo todo, para satisfacerme y no causarme ninguna pena. Lo que intentaba ser yo para con los otros, éranlo ellos para mí, Pasando luego a mis enemigos, cuyo perdón debía obtener antes del gran día, me acordé solamente de una señorita de la vecindad, de quien me burlé un año atrás ante persona de visita, y que desde entonces había dejado de venir. Le escribí una carta en la que reconocía mi falta, y le pedía perdón. Me respondió solicitando también el mío, y perdonándome. Derramé lágrimas de placer al ver aquellas simples líneas que me parecieron entonces llenas de sentimiento profundo y conmovedor. Mi criada lloró también cuando le pedí perdón. ¿Por qué eran todos tan buenos conmigo? ¿Cómo había merecido tanto afecto?, me preguntaba.

Me acordé entonces involuntariamente de Sergio Mikailovitch, y pensé en él. No podía ser de otra manera, y no conté esta distracción como una ligereza. Ciertamente, no pensé de ningún modo en él tal como lo hiciera aquella noche en que, por primera vez, descubrí que le amaba; pensé en él como en mí misma, asociándole a pesar mío, a todas las preocupaciones de mi porvenir. La influencia dominante que su presencia ejerciera sobre mí, desvanecíase completamente en mi imaginación. Sentíame a la sazón igual a él, y desde la cúspide del edificio del ideal en que me aislaba, obtenía de él plena comprensión. Todo cuanto antes me pareciera extraño, hacíaseme inteligible… Apreciaba por fin aquel pensamiento suyo de que la dicha verdadera consiste en vivir para los demás, y estaba completamente de acuerdo con él. Me parecía que los dos gozaríamos de una dicha tranquila e ilimitada.

Y no me imaginaba ni el viaje al extranjero, ni la sociedad, ni los esplendores, sino una existencia apacible, la vida de familia en el campo, la abnegación perpetua de la propia voluntad, el amor perpetuo del uno por el otro, y el reconocimiento perpetuo y absoluto de la dulce y misericordiosa Providencia.

Hice mis devociones y prácticas religiosas tal como me había propuesto, el día de mi cumpleaños. Cuando volví de la iglesia, aquel día, mi corazón rebosaba de tal modo felicidad, que experimenté toda clase de temores; temor de la vida, temor de todas las sensaciones, temor de cuanto podía perturbar aquella dicha. Mas apenas habíamos descendido del carruaje al pie de la escalinata, cuando oí resonar en el puentecillo el ruido tan familiar del cabriolé de Sergio Mikailovitch, y en seguida lo percibí. Entramos juntos en el salón, y me felicitó. Jamás desde que le conocía me había sentido tan tranquila cerca de él, ni tan independiente como aquella mañana. Sentía que llevaba en mí un mundo entero, todo nuevo, que él no comprendía y que le era superior. No experimenté a su lado la más ligera agitación. Tal vez comprendió, sin embargo, lo que pasaba por mi alma, pues me mostró una dulzura y una delicadeza particular y una especie de deferencia religiosa. Me acerqué al piano, pero Sergio Mikailovitch lo cerró, se metió la llave en el bolsillo y dijo:

—No eche a perder el estado de ánimo en que la veo; ahora, en el fondo de su alma hay una música a la que ni remotamente se asemeja ninguna armonía de este mundo.

Le agradecí mucho esta idea, y, al mismo tiempo, me resultó algo desagradable que comprendiera así, tan fácilmente, tan claramente, todo lo que en el dominio de mi alma había de quedar secreto para todos.

Después de comer, dijo que había venido a felicitarme, y también a despedirse porque al día siguiente partía para Moscú. Al pronunciar estas palabras, miró a Macha, y seguidamente me lanzó una rápida ojeada, cual si temiera observar alguna emoción en mi rostro, mas yo no me mostré ni emocionada ni extrañada, y ni tan sólo le pregunté si su ausencia seria larga. Sabía que hablaría de tal modo, pero que no se marcharla. ¿Cómo lo sabía?, no puedo explicarlo ahora; pero en aquel día memorable, parecíame saber todo cuanto había sido y todo lo que había de ser. Me hallaba como en uno de aquellos felices sueños, en lo que se tiene una especie de visión laminosa tanto del futuro como del pasado.

Quería marcharse en seguida después de la comida, pero Macha, al levantarse de la mesa, se fue a echar la siesta, y Sergio Mikailovitch hubo de aguardar a que despertase para poder despedirse.

El sol daba de lleno en el salón, y nos trasladamos a la terraza. Apenas nos habíamos sentado, cuando entablé, con perfecta calma, la conversación que iba a decidir la suerte de mi amor. Empecé, pues, a hablar ni más tarde ni más temprano, sino en el preciso instante en que nos encontramos frente a frente, y no se dijo nada de más; ni en toda la conversación ni en el tono del coloquio se deslizó nada que pudiera entorpecer lo que yo había querido decir. Yo misma no acierto a comprender de dónde me vinieron aquella calma, aquella revolución, y aquella precisión de mis palabras. Habríase dicho que no era yo la que hablaba, y que algo independiente de mi propia voluntad era lo que me hacía hablar. Sergio Mikailovitch estaba sentado frente a mí, y después de atraer hacia sí una rama de lilas, la arrancó con todas sus hojas. Cuando comencé a hablar, dejó caer la rama, y se cubrió el rostro con la mano. Esta postura podía ser tanto la de un hombre perfectamente tranquilo, como la de una persona dominada de profunda agitación.

—¿Por qué se marcha usted? —pregunté al empezar, en tono decidido; y me quedé mirándole a los ojos.

Sergio Mikailovitch no respondió en seguida.

—Un negocio —pretexto al fin, bajando los ojos.

Comprendí que le resultaba difícil fingir ante una pregunta formulada tan francamente por mí.

—Escúcheme —proseguí—; usted sabe bien lo que significa para mí el día en que estamos. Por muchos conceptos, es un gran día. Si le interrogo, no es sólo para testimoniarle el interés (usted no ignora que estoy acostumbrada a verle, y que le aprecio); le interrogo porque necesito saberlo. ¿Por qué se marcha usted?

—Me resulta excesivamente difícil decirle la verdad, explicarle por qué me marcho. Durante esta semana he pensado mucho en usted y en mí mismo, y he decidido que me convenid marchar… ¿Comprende… por qué? Pues si me aprecia, no me interrogue más.

Se enjugó la frente con la mano, y con la misma mano se cubrió los ojos, añadiendo:

—Esto me resulta penoso, Katia. Pero usted lo comprende…

El corazón empezó a latir fuertemente en mi pecho.

—Yo no puedo comprender —repliqué—; no puedo; pero usted, hábleme, en nombre de Dios, en nombre del día en que estamos, hábleme; podré oírle todo con calma.

Sergio Mikailovitch cambió de postura; me miró, y volvió a coger la rama de lilas.

—Pues bien —replicó al cabo de un instante de silencio, y con voz que en vano quería ser firme— por más que sea absurdo y casi imposible de traducir en palabras, por mucho que me cueste, intentaré darle una explicación —y al acabar estas palabras, frunció el entrecejo, cual si acabase de sentir algún dolor físico.

—Vamos, pues —dije.

—Figúrese que hubiera un señor, pongamos que se llamara A., viejo y fatigado de la vida, y una señorita B., joven, feliz, desconocedora del mundo y de la vida. A consecuencia de diversas relaciones de familia, él la ama como a Una hija y no teme que ese cariño pueda cambiar de naturaleza.

Se calló, y yo no le interrumpí.

—Pero —prosiguió de pronto, con voz breve y resuelta, sin mirarme— olvida que B. es joven, que la vida no es para ella sino un juego, que muy fácilmente puede llegar a amarla, y B. puede divertirse con ello. Se equivoca, y un día advierte que otro sentimiento, tan pesado de soportar como un remordimiento, se ha deslizado en su alma, y se asusta. Teme ver comprometidas sus buenas y antiguas relaciones de amistad, y decide alejarse antes que tengan tiempo de cambiar de naturaleza.

Al decir esto, pasó de nuevo la mano por encima de sus ojos, con aparente negligencia, y los ocultó.

—¿Y por qué teme amar de otra manera? —repuse yo, dominando mi emoción, y con voz firme. Pero sin duda le parecí frívola, pues respondió con aire de hombre ofendido:

—«Usted es joven y yo ya no lo soy. A usted puede gustarle jugar; a mí me conviene otra cosa. Sólo le ruego que no se burle de mí, pues le aseguro que me lastimaría, y para usted, sería Un cargo de conciencia». Esto es lo que dijo A. —añadió—; mas todo es absurdo. Ahora comprenderá por qué me marcho; no hablemos más de ello, se lo ruego…

—¡Sí, sí, hablemos! —exclamé, y las lágrimas me hicieron, temblar la voz —. ¿La amaba o no?

Sergio Mikailovitch no respondió.

—¿Y si no la amaba, por qué jugaba con ella como con una niña? —continué yo.

—Sí, sí, A. fue culpable —respondió, interrumpiéndome—; pero todo esto ha acabado, se han separado… como buenos amigos.

—¡Pero es horroroso! ¿No hay otro final? —pregunté, asustada de lo que decía.

—Sí, hay otro. —Y descubrió su rostro trastornado mirándome cara a cara —. Hay incluso dos filiales distintos; pero, por amor de Dios, no me interrumpa más y escúcheme tranquilamente. Unos dicen —comenzó de nuevo, levantándose y sonriendo con expresión triste y dolorosa—; unos dicen que A se volvió loco; que ama a B. con amor insensato, y que se lo ha dicho… Pero ella se ha limitado a reír. Para B. todo aquello no había sido sino una divertida charla; para él, una cuestión de vida o muerte.

Me estremecí y quise interrumpirle, decir que no debía atreverse a hablar de tal modo; pero él me atajó y, poniendo su mano sobre la mía, terminó con voz temblorosa:

—Espere; otros dicen que ella se apiadó, que se imaginó ¡pobre infeliz, que no conocía el mundo!, poder amarle efectivamente, y que accedió a ser su espora. Y él, como Un insensato, creyó; creyó que su vida toda recomenzaba de nuevo. Pero ella misma se dio cuenta que le engañaba, y que él la engañaba… No hablemos más de ello —concluyó, en un estado que, evidentemente, le impedía seguir hablando; y vino a sentarse, en silencio, frente a mí.

Decía: «No hablemos más», y era bien patente que con todas las fuerzas de su alma esperaba una palabra mía. Quise hablar, efectivamente, mas no podía: algo me oprimía el pecho. Le miré; estaba pálido, y su labio inferior temblaba. Me causó extraordinaria pena. Hice un nuevo esfuerzo, y de pronto, consiguiendo romper el silencio que me paralizaba, dije con voz lenta, concentrada, que a cada instante temía oír quebrarse:

—La historia tiene un tercer final (me interrumpí, pero Sergio Mikailovitch, permaneció callado), y este otro final es que él no la amaba, que al partir le hizo un gran daño, creyendo hacerle un bien, que se marchó, y es más, que se mostró orgulloso. No es por mi parte, sino por la de usted, que ha habido inconsciencia; desde el primer día la amé —repetí y al pronunciar estas palabras «le amé», mi voz pasó involuntariamente de su expresión lenta y concentrada, a un grito salvaje que me asustó a mí misma.

Sergio Mikailovitch permanecía de pie delante de mí, pálido; su labio inferior temblaba cada vez más y por sus mejillas se deslizaron dos lágrimas silenciosas.

—¡Eso no está bien! —exclamé con pena, sintiendo que me ahogaban la ira y las ganas de llorar insaciadas—. ¿Y por qué, Dios mío?… —continué, levantándome para alejarme.

Pero Sergio Mikailovitch se precipitó hacia mí. Y muy pronto su cabeza descansó sobre mis rodillas; sus labios besaban y volvían a besar mis manos temblorosas, y las bañaban con sus lágrimas.

—¡Dios mío, si lo hubiese sabido! —murmuró.

—¿Por qué? ¿Por qué? —repetía yo maquinalmente, y embargaba mi alma una de aquellas dichas que se desvanecen en seguida para siempre jamás, una de esas dichas que nunca vuelven.

Cinco minutos después, Sonia corría en busca de Macha, proclamando a gritos por toda la casa que Katia iba a casarse con Sergio Mikailovitch.

CAPÍTULO V

No había motivo alguno que nos hiciera diferir nuestra boda, y ni él ni yo lo deseábamos. A decir verdad. Macha hubiera preferido ir a Moscú para adquirir y escoger el ajuar, y la madre de Sergio pidió a su hijo que antes de casarse comprara un nuevo carruaje y los muebles, e hiciera decorar de nuevo la casa; pero nosotros insistimos en que se dejara esto para más adelante, y que la boda se celebrase dos semanas después de mi cumpleaños, sin algazara, ni ajuar, ni invitados, ni banquete, ni champaña, ni ninguno de los atributos tradicionales de las bodas. Sergio Mikailovitch me manifestó que su madre estaba descontenta de que la boda hubiera de efectuarse sin música y sin un alud de regalos, y sin que toda la casa se renovara por completo, como en la época de su propia boda, que costó treinta mil rublos. Me contó también los registros que su madre había hecho en todos los armarios y cofres, y las graves conversaciones que había celebrado con Mariouchka, el ama de gobierno, respecto de ciertos tapices, cortinas, alfombras y vajillas necesarios a nuestra felicidad. Por nuestra parte, Macha hacía lo mismo cerca de mi criada Kousminichna. Y respecto de esto, no admitía bromas; estaba firmemente convencida de que cuando Sergio y yo hablábamos de nuestro porvenir, no hacíamos otra cosa sino decimos ternuras, tal como cuadraba a nuestra situación mutua; pero que la substancia misma de nuestra felicidad futura dependía únicamente del buen corte y de los bordados de mis vestidos, así como del dobladillo y de la cenefa de nuestra mantelería. Entre Pokrovski y Nikolski, todos los días, y repetidas veces cada día, comunicábanse misteriosamente ciertas informaciones relativas a la preparación de todo, y si bien entre Macha y la madre de Sergio mediaban unas relaciones con las más amistosas apariencias, percibíase, sin embargo, bajo todo aquello, cierta diplomacia hostil y refinada.

Tatiana Semenovna, la madre de Sergio, con quien a la sazón me unía ya un más amplio conocimiento recíproco, era una señora del antiguo régimen, muy rígida y severa dueña de tu casa. Sergio Mikailovitch la quería no sólo por deber filial, sino también por sentimiento, como un hombre que viera en ella a la mejor, la más inteligente, la más tierna y la más amable mujer del mundo. Tatiana Semenovna había sido siempre muy buena para todos nosotros, y para mí en particular, y se mostraba satisfecha de que su hijo se casara; mas cuando yo fui la prometida de su hijo, pareciome que quería darme a entender que aquél habría podido encontrar un partido mucho mejor, de lo cual debía yo acordarme siempre. La comprendí perfectamente y confieso que compartía su opinión.

Durante aquellas dos últimas semanas, nos vimos todos los días; Sergio venía a comer, y se quedaba en casa hasta medianoche; mas, aun cuando me dijo a menudo, y me constaba que decía verdad, que no podría vivir sin mí, nunca pasaba a mi lado el día entero, y procuraba no abandonar el cuidado de sus asuntos. Nuestras relaciones siguieron siendo, en lo exterior, hasta la boda, lo que habían sido anteriormente; continuamos tratándonos de usted; ni siquiera me besaba la mano, y no sólo no buscaba, sino que incluso evitaba las ocasiones de quedarse a solas conmigo, como si temiera dejarse arrastrar por la grande y peligrosa ternura que encerraba su corazón.

Aquellos días, el tiempo fue malo, y los pasábamos principalmente en el salón; nuestras entrevistas se verificaban en el ángulo que separa el piano de la ventana.

—¿Sabe usted que desde hace mucho tiempo quiero hablarle de una cosa? —me dijo un día que nos hallábamos sentados en aquel rincón, bastante tarde por cierto—. Mientras ha estado usted tocando, no he dejado de pensar en ello.

—No me diga nada; lo sé todo —respondí.

—En efecto; no hablemos más.

—No, al contrario, hable. ¿De qué se trata? —pregunté.

—Pues verá. ¿Se acuerda de cuando le conté la historia de A. y B.?

—¡Cómo no iba a acordarme de esta historia tan tonta! Es una suerte que haya terminado así…

—Por poco no destruyo mi felicidad con mis propias manos; usted me ha salvado; pero lo más grave, es que entonces mentía. Tengo conciencia de ello y hoy quiero revelárselo todo.

—¡Oh, por favor, no lo haga!

—No tema nada —dijo, sonriendo—; sólo necesito justificarme. Cuando empecé a hablarle quería discutir.

—¿Y para qué discutir? —repliqué—. Esto no debe hacerse nunca.

Sergio Mikailovitch se calló, mirándome, y luego prosiguió.

—A fin de cuentas, no era tan absurdo lo que yo decía entonces; había evidentemente qué temer, y tenía derecho a hacerlo. ¡Recibirlo todo de usted y darle tan poca cosa! Usted es todavía una niña; es el capullo sin abrir; usted ama por primera vez; mientras que yo, en cambio…

—¡Ah, sí, sí! ¡Dígame la verdad! —exclamé. Más de pronto tuve miedo de su respuesta—. No, no me diga nada —añadí.

—¿Si he amado antes de ahora? ¿Es esto? —dijo, adivinando instantáneamente mi pensamiento—. Esto puede decirse. No, no he amado nunca. Jamás he experimentado nada semejante a este sentimiento… ¿No comprende que debía de reflexionar bien antes de declararle que la amaba? ¿Qué le doy? El amor, ciertamente.

—¿Y es eso tan poco? —objeté mirándole a la cara.

—Sí es poco, amiga mía; poco para usted. Usted tiene la belleza y la juventud. A menudo, de noche, la felicidad me impide dormir; pienso sin cesar en cómo vamos a vivir juntos. Yo ya he vivido mucho, y sin embargo, me parece que acabo de encontrar lo que constituye la dicha. Una vida dulce, tranquila, en nuestro apartado rincón, con la posibilidad de hacer bien a aquéllos a quienes es tan fácil hacérselo y que, sin embargo, están tan poco acostumbrados a recibirlo; después el trabajo, el trabajo del que, como se sabe, proviene siempre algún beneficio; después el descanso, la naturaleza, los libros, la música, el afecto de las personas íntimas: he ahí mi felicidad, una felicidad superior a la que jamás soñara. Y por encima de todo esto, una amiga como usted, tal vez una familia; en una palabra, todo cuanto un hombre pueda desear en este mundo.

—Sí —repuse.

—Para mí, que ya he dejado la juventud, si; mas usted —prosiguió—; usted aún no ha vivido. Tal vez habría querido alcanzar la dicha por otro camino, y en ese otro camino quizá la hubiera encontrado. Le parece al presente que todo esto es, en efecto, la felicidad, porque usted me ama…

—No; jamás he deseado ni amado otra cosa que esa dulce vida de familia. Y usted acaba de decirme precisamente lo mismo que yo pienso.

Sergio Mikailovitch sonrió.

—Le parece así, amiga mía. Pero es poco para usted. Usted tiene la belleza y la juventud —repitió pensativamente.

Yo empezaba ya a irritarme de ver que no quería creerme, y que en cierta manera parecía reprocharme mi belleza y mi juventud.

—Veamos, pues, ¿por qué me ama usted? —pregunté algo encolerizada—: ¿Por mi juventud o por mí misma?

—No lo sé, pero la amo —contestó fijando en mí una mirada observadora y llena de seducción.

No repliqué nada, e involuntariamente, le miré a los ojos. De pronto, me ocurrió algo extraño. Dejé de ver lo que me rodeaba; su mismo semblante desapareció ante mí, y no distinguí más que el fuego de sus ojos delante de los míos. Luego me pareció que aquellos mismos ojos penetraban en mí, y todo se hizo contuso; no vi nada en absoluto, y tuve que cerrar los párpados para arrancarme al sentimiento, mezcla de gozo y de espanto, que aquella mirada produjera en mí.

La víspera del día fijado para el matrimonio, hacia la tarde, el tiempo aclaró, y después de las lluvias con que había empezado el verano, vino la primera tarde brillante de otoño. El cielo estaba sereno, pálido y despejado. Fui a acostarme, dichosa de pensar que al día siguiente haría buen tiempo para la boda. Por la mañana, me desperté con el alba, y con el sentimiento de que ya había llegado aquella fecha… como si me atemorizase y asombrase. Bajé al jardín… El sol acababa de salir y brillaba a través de los tilos de la avenida, cuyas ramas amarillentas se deshojaban y se balanceaban sobre el camino. En todo el cielo, frío y sereno no se podía descubrir ni una sola nube.

«¿Es posible que sea hoy el día?», me pregunté, no osando dar crédito a mi propia dicha. «¿Será posible que mañana no me despierte ya aquí; que me despierte en aquella casa de Nikolski, con sus columnas, que ahora me es extraña?».

¿Será posible que ya no haya de esperarle; que no salga a su encuentro, que no hable más de él por la noche con Macha? ¿No me sentaré ya más al piano cerca de él en nuestro salón de Pokrovski? ¿No le acompañaré ya más, temblando de miedo, en la noche oscura?

Sin embargo, recordaba cómo la víspera me dijo que aquella noche era la última en que venía a verme, y, por otra parte, que. Macha me había instado a probarme el vestido de boda. De manera que tan pronto creía como volvía a dudar de la realidad. ¿Era realmente cierto que aquel mismo día iba a empezar a vivir con una mamá política, sin Nadina, sin el viejo Gregorio, sin Macha? ¿Era cierto que por la noche no besaría a mi doncella, y no le oiría decirme, al persignarme, siguiendo la vieja costumbre de mi infancia: «Buenas noches, señorita»? ¿No daría ya más lecciones a Sonia ni jugaría más con ella? ¿No llamaría a través del tabique y oiría su risa sonora al despertar? ¿Era posible que fuese aquel día el que habría de convertirme, por así decirlo, en una extraña para mí misma, y en el que una nueva vida de realización de mis esperanzas y deseos se abriría ante mí? ¿Era posible que aquella nueva vida empezara para siempre? Esperaba a Sergio Mikailovitch con impaciencia, pues me resultaba difícil quedarme a solas con mis pensamientos. Llegó temprano, y sólo cuando estuvo allí me convencí plenamente de que aquel mismo día iba a ser su esposa, y aquella idea ya no me atemorizó.

Antes de comer, fuimos a nuestra iglesia para oír los responsos y las oraciones que debían rezarse en memoria de mi padre.

«¿Por qué no estará aún en este mundo?», pensaba cuando regresamos a casa, apoyada silenciosamente en el brazo del hombre que había sido el mejor amigo de aquél en quien pensaba. Mientras se recitaron las oraciones, yo, con la cabeza apoyada sobre las frías losas de la capilla, me había representado a mi padre tan a lo vivo, que en verdad, creí que su alma me comprendía y bendecía mi elección, e incluso llegué a figurarme que en aquel preciso momento, su alma se cernía sobre nuestra cabeza, y que su bendición se dejaba sentir sobre mí. Y estos recuerdos, estas esperanzas, la dicha y la tristeza, se confundían en un solo sentimiento, solemne y dulce a la vez, con el cual rimaban aquel aire vivo e inmóvil, aquella tranquilidad, aquella desnudez de los campos, aquel cielo pálido, cuyos rayos brillantes pero amortiguados intentaban en vano caldear mis mejillas. Me convencí que quien me acompañaba comprendía mis sentimientos y participaba de ellos. Sergio Mikailovitch andaba a paso lento y en silencio, y sobre su rostro, que yo contemplaba de vez en vez, traslucíase aquel estado intenso del alma que no es ni tristeza ni alegría, y que armonizaba con la naturaleza y con mi corazón.

Súbitamente, se volvió hacia mí, y vi que tenía algo por decirme. ¿Y si no fuera a hablarme de lo que ocupaba mi pensamiento? Pero precisamente me habló de mi padre, y, sin nombrarlo, añadió:

—Un día llegó a decirme, bromeando: «Estoy seguro de que un día te casarás con mi pequeña Katia».

—¡Qué dichoso habría sido hoy! —comenté, apretándome más contra su brazo que sostenía el mío.

—Sí, usted era aún una niña —prosiguió, clavando su mirada hasta el fondo de mis ojos—; entonces besaba yo esos ojos, y los quería únicamente porque eran semejantes a los suyos, y estaba muy lejos de pensar que un día me serían tan queridos por sí mismos.

Seguimos andando muy despacio por el camino rural, trillado apenas, a través de las matas pisoteadas y tumbadas, y no oíamos otro ruido que el de nuestros pasos y de nuestra voz. El sol esparcía torrentes de luz desprovista de calor. Cuando hablábamos, nuestras voces resonaban, y permanecían como suspendidas por encima de nuestras cabezas en el seno de aquella atmósfera inmóvil: hubiérase dicho que nos hallábamos solos en el mundo entero, bajo aquella azulada bóveda en la que fulguraban las radiantes vibraciones de un sol sin ardor.

Cuando entramos en la casa, su madre había llegado ya, así como las personas a quienes no habíamos podido dejar de invitar, y no volví a hallarme a solas con él hasta el momento en que, al salir de la iglesia, subimos al coche para trasladarnos a Nikolski.

La iglesia estaba casi vacía, y con una sola ojeada percibí a su madre, de pie sobre una alfombra, cerca del coro; a Macha, con su cofia adornada de cintas de seda lila y con las mejillas cubiertas de lágrimas, y a dos o tres siervos que me contemplaban con curiosidad. Escuché los rezos, los repetí, pero no resonaron en mi alma. No podía rezar, y miraba estúpidamente las imágenes, los cirios, la cruz bordada de la casulla que vestía el sacerdote, las ventanas de la iglesia, y no comprendía nada de todo aquello. Sólo sentía que se efectuaba algo extraordinario con relación a mí.

Cuando el sacerdote se volvió hacia nosotros con la cruz, nos felicitó y dijo que me había bautizado y que Dios le había permitido casarme, también; cuando Macha y la madre de Sergio nos hubieron besado; cuando oí la voz de Gregorio que ordenaba acercarse el coche, me asombré y me asusté de pensar que todo había concluido, sin que nada de extraordinario ni correspondiente al sacramento que acababa de celebrarse se abriera camino a través de mi alma. Nos besamos los dos, y aquel beso me pareció tan raro, tan extraño a nuestros sentimientos íntimos, que no pude por menos de pensar: «¿No es más que esto?». Volvimos al atrio; el ruido de las ruedas resonó fuertemente bajo la bóveda de la iglesia; un airecillo fresco embalsamó mi rostro, mientras Sergio, con el sombrero debajo del brazo, me ayudaba a sentarme en el coche. Por las ventanillas, vi a la luna resplandeciente en su órbita de las noches glaciales. Sergio se sentó a mi lado, y cerró la portezuela. No sé qué punzó en aquel momento mi corazón, como si me hubiese lastimado la seguridad con que efectuaba aquel acto. Las ruedas tropezaron con una piedra; luego entraron por un camino más suave, y partimos.

Acurrucada en un rincón del carruaje, contemplaba a lo lejos, por la portezuela, los campos inundados de luz y la carretera que parecía huir; y sin mirar a Sergio, sentía que estaba muy cerca de mí. «Esto es, pues, lo que trae consigo este primer minuto del que esperaba tantas cosas», pensé, experimentando una humillación y una ofensa a la vez, de hallarme sentada así, a solas, tan cerca de él. Volvíme hacia Sergio con la intención de decirle algo; pero ni una palabra surgió de mis labios. Habríase dicho que no quedaba en mí ni rastro de mi antigua ternura, y que aquella impresión de ofensa y de temor la había reemplazado por completo.

—Hasta este momento no me atrevía a creer que esto pudiera ser cierto —repuso Sergio dulcemente a mi mirada.

—Y yo tengo miedo, sin saber por qué.

—¿Miedo de mí, Katia? —preguntó, cogiéndome la mano e inclinando su cabeza sobre la misma.

Mi mano descansaba sin vida sobre la suya, y mi corazón, helado, cesaba dolorosamente de latir.

—Sí —murmuré.

Pero en este mismo instante mi corazón empezó de pronto a latir con más fuerza; mi mano tembló y asió la suya; recobré otra vez el calor; mis miradas, en la penumbra, buscaron las suyas, y súbitamente sentí que ya no tenía miedo de él; que aquel miedo no había sido más que amor, un amor nuevo, más tierno y poderoso que antes. Sentí que era completamente suya, y me consideré dichosa de hallarme en su poder.

CAPÍTULO VI

Los días, las semanas, los meses enteros de vida solitaria en el campo pasaron inadvertidos casi; mas habrían bastado las sensaciones, las emociones y la dicha de aquellos dos meses para Henar toda una vida. Mis ensueños y los suyos acerca la manera de organizar nuestra existencia no se realizaron exactamente tal como los habíamos previsto. Más, sin embargo, la realidad no estaba por debajo de nuestros sueños. No fue aquella vida de trabajo estricto, llena de deberes, de abnegación y de sacrificios que me había imaginado cuando estaba prometida; era el contrario el sentimiento absorbente y egoísta del amor, las alegrías sin motivo y sin fin, y el olvido de todas las cosas del mundo. Cierto que algunas veces, Sergio Mikailovitch iba a su gabinete a ocuparse de uno u otro asunto; se iba algunas veces a la ciudad para sus negocios, y dirigía las labores agrícolas; pero yo veía el esfuerzo que le costaba arrancarse de mi lado.

Y él confesaba que dondequiera que yo no estuviese, todo le parecía tan completamente desprovisto de interés en este mundo, que le asombraba haber podido ocuparse de ello. Exactamente lo mismo me ocurría a mí. Leía, trabajaba, me ocupaba de la música, de mamá, de las escuelas; mas todo esto, no lo hacía sino porque cada una de estas ocupaciones se relacionaba con él y merecía su aprobación, y desde que su pensamiento no se hallaba asociado de una u otra manera a cualquier asunto, fuera el que fuese, los brazos se me caían inertes. Sólo él existía para mí en el universo, y le tenía por el ser más bello y más puro que pudiese existir; no sabía vivir sino para él, y para seguir siendo aquello que él amaba en mí. Porque también Sergio me consideraba la primera y la más seductora mujer del mundo, dotada de todas las posibles perfecciones; y yo me esforzaba en ser para él esta primera e inmejorable criatura.

Nuestra casa era una de aquellas antiguas mansiones campestres, donde, apreciándose y amándose los unos a los otros, habíanse sucedido numerosas generaciones de antepasados. Todo respiraba allí buenos y puros recuerdos de familia, los cuales, desde que hube puesto el pie en la casa, se convirtieron rápidamente en propios recuerdos míos. La disposición y el orden de la vivienda hallábanse dispuestos según la moda antigua por Tatíana Semenovna. No puede decirse que todo fuera hermoso y elegante; pero, desde la vajilla hasta el mobiliario y los manjares, en todo había gran abundancia, todo era limpio, sólido, regular e inspiraba una especie de respeto. En el salón, los muebles se hallaban dispuestos simétricamente; las paredes estaban cubiertas de retratos, y el pavimento, de antiguas alfombras de familia y de algunos hules con pinturas de paisajes. En un saloncito, había un viejo piano de cola, dos chineros de forma distinta, un diván y unos cuadros con incrustaciones de cobre. Mi gabinete, decorado bajo la inspiración de Tatiana Semenovna, encerraba hermosísimos muebles de épocas y modas diversas, y entre ellos, un gran espejo con copete que Ocupaba todo el hueco de una puerta, y que al principio, contemplaba yo con tímida mirada, aunque después llega a ser como un antiguo amigo. Jamás se oía la voz de Tatiana Semenovna, pero en la casa todo marchaba con la regularidad de un reloj, aunque albergara más gente de la necesaria para el servicio. Pero todos estos domésticos, con calzado de suela blanda y sin tacón (porque Tatiana Semenovna sostenía que el crujir de las suelas y el ruido de los tacones era una de las cosas más desagradables del mundo), parecían orgullosos de su condición, temblaban ante la vieja señora; nos testimoniaban, a mi marido y a mí una benevolencia protectora, y parecían cumplir su deber con particular satisfacción. Todos los sábados, regularmente, se fregaban los pisos y se sacudían las alfombras; todos los días primeros de mes se cantaba un Te Deum, rociándose con agua bendita; los días de los santos de Tatiana Semenovna y de su hijo (y del mío, que se celebró aquel año por primera vez), se daba un banquete a todo el vecindario. Y esto se realizaba invariablemente como en los tiempos más remotos de que conservaba recuerdo Tatiana Semenovna.

Mi marido no se mezclaba para nada en el gobierno de la casa, y se limitaba a ocuparse de la dirección de los trabajos agrícolas y de los campesinos, a los que atendía mucho. Se levantaba muy temprano, incluso en invierno, de manera que muchas veces, al despertarme, ya no lo veía. Regresaba generalmente a la hora de terminar las molestias y preocupaciones que le producía la dirección de los cultivos, se sumía en aquel estado de ánimo especial, particularmente alegre, que habíamos denominado «transporte salvaje». A menudo la preguntaba qué había hecho por la mañana, y me explicaba entonces tales locuras que nos desternillábamos de risa. A veces le pedía que hablara en serio, y lo hacía, reprimiendo una sonrisa.

Por mi parte, contemplaba sus ojos, el movimiento de sus labios, y no comprendía nada: no hacía más que divertirme viéndole y oyendo su voz.

—Vamos, ¿qué estaba diciendo? —me preguntaba—, repítemelo.

Mas yo no podía repetirle nada.

Tatiana Semenovna no aparecía hasta la comida, pues tomaba sola el té, y sólo por medio de embajadores nos enviaba los buenos días. Costábame mucha violencia no echarme a reír, cuando la doncella venía, con las manos cruzadas una encima de otra, y en tono muy mesurado nos exponía que Tatiana Semenovna le había ordenado informarse de cómo habíamos pasado la noche, o cómo habíamos hallado las pastas servidas con el té. Raramente permanecíamos juntos hasta la hora de comer. Yo tocaba el piano o leía sola; él escribía o volvía a salir; más a la hora de comer, a las cuatro, bajábamos todos al salón. Mamá salía de sus habitaciones, y entonces se presentaban los pobres hidalgüelos y peregrinos, de los que había siempre tres o cuatro hospedados en casa. Generalmente, todos los días, mi marido, siguiendo la antigua costumbre, ofrecía el brazo a su madre para encaminarse al comedor, pero aquélla exigió que yo me apoyara en el otro brazo. Mamá presidía la comida, y la conversación tomaba un giro serio y reflexivo, no exento de cierta solemnidad. Sólo las sencillas palabras cambiadas con mi marido daban un sesgo más alegre al aire ceremonioso de nuestras sesiones a la mesa.

Inmediatamente después de comer, mamá se sentaba en una gran butaca del salón; cortaba las hojas de los libros recién llegados, mientras nosotros leíamos en voz alta o pasábamos al saloncito para tocar el piano. Hicimos muchas lecturas juntos durante aquel período, pues la música era aún nuestra diversión favorita y más preciada, que hacía vibrar nuevas cuerdas de nuestros corazones, revelándonos el uno al otro bajo un aspecto siempre nuevo.

Cuando yo interpretaba sus piezas predilectas, Sergio se sentaba en un diván alejado, donde apenas podía verle, y allí, por una especie de pudor del sentimiento, esforzábase en ocultar las impresiones que la música le causaba. Mas, a menudo, cuando menos se lo esperaba, abandonaba yo el piano, corría hacia él, y trataba de descubrir en su rostro las huellas de su emoción, el resplandor casi sobrenatural de las miradas cargadas de humedad que trataba en vano de disimular.

Por la noche era yo la que servía el té, y de nuevo toda la familia se encontraba reunida alrededor de la mesa. Esta sesión solemne cerca del samovar, cual si estuviéramos delante de una especie de tribunal, y la distribución de los vasos y tazas, me impresionó durante mucho tiempo. Parecíame que yo no era digna aún de tales honores, que era demasiado joven, demasiado atolondrada para abrir la espita de un samovar tan grande, para poner un vaso en la bandeja de Nikita y ordenar: «Para Pedro Ivanovitch; para María Minicina», y preguntarles: «¿Hay bastante azúcar?», dejando luego unos terrones para la vieja doncella y los otros antiguos servidores. «Perfectamente —decía a menudo mi marido—, lo mismo que una gran señora», y esto no hacía sino intimidarme más aún.

Después del té, mamá mandaba traer una mesilla y se hacía echar las cartas por María Minicina; luego nos besaba a los dos, nos bendecía, y nos retirábamos a nuestras habitaciones. Sin embargo, la mayor parte de los días, prolongábamos nuestra velada a solas, hasta pasada medianoche, y éstas eran las mejores y más agradables horas del día. Me contaba él su pasado; trazábamos planes, filosofábamos a veces, y procurábamos hacerlo en voz baja para que nadie nos oyera. Mi marido y yo vivíamos casi como extraños en aquella grande y vetusta morada, donde pesaba sobre todos nosotros el espíritu severo del tiempo antiguo y de Tatiana Semenovna. No sólo ella misma, sino también los criados, las viejas sirvientas, los muebles, y los cuadros, me inspiraban respeto, cierto temor, y al mismo tiempo la conciencia de que mi marido y yo no nos hallábamos allí propiamente en nuestro lugar, y que debíamos vivir con demasiada circunspección. Conforme hoy lo recuerdo, aquel orden severo y aquella prodigiosa cantidad de gente ociosa y curiosa que poblaba nuestra casa, nos resultaba difícil de soportar; mas aquella especie de opresión no hacía sino vivificar nuestro amor mutuo. No sólo yo, sino también Sergio, nos guardábamos mucho de dejar entrever que hubiese allí algo que nos desagradaba. En ocasiones aquella calma… aquella indulgencia y aquella especie de indiferencia por todas las cosas me irritaban, y, sin advertir que yo flaqueaba por el mismo lado, juzgaba a mi marido débil de carácter.

—¡Ah!, querida Katia —me respondió Sergio una vez en que le manifesté mi enojo—. ¿Acaso puede sentirse descontento de nada quien es al mismo tiempo tan feliz como yo? Es mucho más sencillo ceder ante los otros que hacerlos doblegar a nuestros caprichos, y de esto me he convencido desde hace mucho tiempo, y también de que no existe situación alguna en que se pueda ser absolutamente feliz. ¡Todo va tan bien para nosotros! Ya no sé enfadarme; para mí, hoy en día, no existe nada que sea malo: sólo hay cosas tristes y extrañas. Pero, por encima de todo, lo mejor es enemigo de lo bueno. ¿Creerás que cuando oigo la campanilla, cuando recibo una carta o, simplemente, cuando me despierto, me sobrecoge el miedo, el miedo de esta obligación de vivir, el miedo de que algo venga a cambiar, pues nada podría valer más que el momento presente?

Yo le creía, pero no le comprendía. Me sentía a gusto, y parecíame que todo era como debía ser, no pudiendo ser de otro modo, y que así era para todos, pero creía en otras partes debía de haber otras dichas, no precisamente mayores, pero sí distintas.

Fue de este modo como transcurrieron dos meses, que llegó el invierno con tus fríos y sus borrascas, y por más que Sergio se hallaba a mi lado, empecé a sentirme muy sola. Empecé a sentir que la vida, en cierta manera, no hacía sino repetirse; que no ofrecía nada de nuevo, ni para mí ni para él, y que, al contrario, parecía que volvíamos sin cesar sobre nuestros propios pasos. Sergio empezó a ocuparse con mayor asiduidad de sus asuntos, apartándose más de mí que antes, y se me figuró de nuevo que había en él, en el fondo de su alma, como un mundo reservado al que no quería admitirme. Su inalterable serenidad me irritaba. No le amaba menos que antes; no me sentía menos dichosa de su amor; pero mi amor permanecía estacionario y ya no se desarrollaba más, y, aparte del amor, cierto sentimiento nuevo, lleno de zozobra, deslizábase en mi corazón. Significaba muy poco para mí seguir amando después de haber experimentado la gran dicha de amarle por primera vez; faltábame la agitación, el peligro, el sacrificio de mí misma en el orden de los sentimientos. Había en mí una exuberancia de fuerzas que no hallaban empleo en nuestra tranquila existencia; arranques de tristeza que intentaba ocultarle como si se tratara de algo malo, y arranques de ternura furiosa y de alegría, que no conseguían sino asustarle.

Él seguía observando las disposiciones de mi espíritu como lo hiciera antaño, y un día me propuso partir para la ciudad; pero yo le pedí que no fuéramos y que no cambiáramos nada en el género de nuestra vida; que no comprometiéramos nuestra felicidad. Y, efectivamente, yo era dichosa; pero me atormentaba ver que aquella dicha no me costaba ningún trabajo, ningún sacrificio, cuando sentía languidecer en mí todas las fuerzas del Sacrificio y del trabajo. Le amaba; veía que todo en mí era para él; pero hubiera querido que todos supiesen nuestro amor; que hubiesen intentado impedirme amarle, y amarle a pesar de todo. Mi espíritu, incluso mis sentimientos, hallaban su campo de acción, mas había uno, sin embargo, el sentimiento de la juventud, cierta necesidad de movimiento, que no hallaba suficiente satisfacción en nuestra vida apacible. ¿Por qué me decía que podíamos irnos a la ciudad cuando se me antojase? Si no me lo hubiese dicho, quizá hubiera comprendido que aquel sentimiento que me oprimía era una quimera perniciosa, Una falta de la que me hacía culpable… Sin embargo, la idea de que podría vencer el fastidio sólo con marcharme a la capital, me atravesaba involuntariamente el cerebro; por otra parte, esto significaba arrancarle de todo cuanto amaba. Me sentía avergonzada y me apenaba que hubiera de hacerlo por mí.

El tiempo seguía su curso; la nieve se acumulaba más y más contra los muros de la casa, y nosotros continuábamos solos, solos aún, y siempre el uno enfrente del otro; mientras que allá, lejos, no sé dónde, en medio del bullicio, se agitaba la muchedumbre, sufría o se divertía, sin pensar en nosotros o en nuestra existencia ignorada. Lo peor de todo, para mí, era sentir que todos los días la cadena de las habitudes embutía nuestra vida en un molde preciso; que nuestro mismo sentimiento iba a entrar en esa servidumbre, y a someterse a la ley monótona e impasible del tiempo.

«Estar alegres por la mañana, respetuosos a la hora de la comida, cariñosos por la noche. ¡Hacer el bien! —me decía yo—, es maravilloso hacer el bien y vivir honradamente como él dice; para esto nos queda tiempo suficiente; pero hay otras cesas por las cuales sólo hoy me siento con fuerzas». Esto no es lo que me convenía; me habría convenido la lucha; que el sentimiento nos sirviera de guía en la vida, y no que la vida guiara nuestros sentimientos. Hubiera deseado aproximarme con él al abismo y decirle. «Un paso más y me hundo; otro movimiento, y estoy perdida», y que él, palideciendo al borde de aquel abismo, me hubiera cogido con su manó poderosa y me hubiera suspendido por encima del vacío, de tal forma que mi corazón se hubiera sentido helado, y en seguida se me hubiera llevado él donde hubiera querido.

Esta disposición de mi espíritu influía incluso sobre mi salud, y mis nervios empezaban a resentirse. Una mañana, me encontré peor que de costumbre; Sergio regresó de bastante mal humor, cosa que le sucedía muy raramente; lo noté en seguida y le pregunté qué le pasaba, pero él no quiso decírmelo, pretextando que no valía la pena. Según averigüé más tarde, el ispravnik había citado a varios de nuestros campesinos, les había exigido algo ilegal, por mala voluntad hacia mi marido, y le había dirigido varias amenazas. Mi marido no había podido digerir aún tal proceder, y como en el fondo todo aquello era ridículo y lamentable, no quiso contármelo; pero a mí se me figuró que si no me decía nada, era porque me consideraba una niña, incapaz de comprender lo que le afectaba. Me alejé en silencio, sin pronunciar una palabra. Sergio se marchó malhumorado a su gabinete, y cerró la puerta.

Yo me senté en el diván y me vinieron ganas de llorar. «¿Por qué —decíame yo— persiste en humillarme con su solemne calma, en tener siempre razón delante de mí? ¿Acaso no tengo razón yo también, cuando me aburro, cuando siento el vacío en todas partes, cuando quiero vivir, moverme, no permanecer siempre en el mismo lugar, y no sentir que el tiempo pasa por encima de mí?»

Yo quiero ir adelante, todos los días, todas las horas; él quiere seguir estacionado y guardarme a su lado. Y sin embargo, ¡qué fácil le sería contentarme! Para ello no tendría necesidad de llevarme a la capital; bastaría que fuese como yo; que no tratara de dominarse, de oprimirse a sí mismo, y que viviera simplemente. Esto me lo aconseja a mí, y es él quien no lo hace.

Las lágrimas pugnaban por salir de mis ojos, y mi irritación contra él iba en aumento. Tuve miedo de este sentimiento, y fui a su encuentro. Sergio se hallaba sentado en su gabinete y escribía. Al oír mis pasos, volvióse un instante para mirarme con aire tranquilo e indiferente, y siguió escribiendo. Aquella mirada no me gustó, y en lugar de acercarme a él, permanecí junto a la mesa en que escribía, y abriendo un libro empecé a hojearlo. Sergio se volvió entonces por segunda vez, y me miró de nuevo.

—Katia, hoy no estás en tu centro —me dijo.

Repliquéle sólo con una fría mirada que significaba: «¡Vaya observación! ¿A qué viene tanta amabilidad?». Meneó la cabeza, y tímidamente, cariñosamente, me sonrió; mas, por primera vez, mi sonrisa no respondió a la suya.

—¿Qué te ocurría esta mañana? —le pregunté—. ¿Por qué no me has dicho nada?

—Una futilidad; un pequeño contratiempo —contestó—. Sin embargo, ahora ya te lo puedo contar. Dos campesinos han sido citados...

Pero yo no le dejé terminar.

—¿Por qué no me lo has contado cuando te lo he pedido?

—Te habría dicho alguna tontería: entonces estaba enfadado.

—Es justamente en aquel momento cuando debías hacerlo.

—¿Y por qué razón?

—¿Crees acaso que nunca puedo ayudarte en nada?

—¿Lo que yo creo? —dijo, dejando su pluma—. Creo que sin ti no podría vivir. En todas las cosas, en todas absolutamente, no sólo eres una ayuda para mí, sino que es por ti por quien todo se hace. La verdad, que has sido oportuna —prosiguió, riendo—, sólo vivo en ti; me parece que todo está bien sólo porque tú estás ahí, porque has de…

—Sí, ya lo sé; soy una niña encantadora a la que conviene tranquilizar —atajé en un tono tal, que le hizo mirarme sorprendido—. Pero no quiero esta tranquilidad; ¡tengo ya bastante!

—Entonces, escúchame, y verás pronto de qué se trata —empezó precipitadamente, interrumpiéndome, como si temiera darme tiempo de decirlo todo—; me dirás lo que tú opinas de ello.

—Ahora ya no lo quiero —respondí. Aunque me habría gustado oírlo en aquel momento, me resultaba más agradable perturbar su tranquilidad.

—No quiero jugar con las cosas de la vida; lo que quiero es vivir —añadí —; lo mismo que tú.

Sus rasgos, donde todas las impresiones se dibujaban tan rápida y tan viva mente, expresaron un sufrimiento y una atención poderosamente excitados.

—Quiero vivir contigo en perfecta igualdad…

Más no pude terminar, porque observé el dolor profundo que se reflejaba en su rostro. Sergio se calló un momento.

—¿Y en qué no vives en perfecta igualdad conmigo? —dijo—, es a mí, no a ti, a quien concierne el asunto del ispravnik y de los campesinos embriagados…

—Sí, pero no se trata sólo de este caso —repliqué yo.

—¡Por amor de Dios, procura comprenderme, amiga mía! —continuó— ya sé que las preocupaciones son siempre dolorosas para nosotros; he vivido mucho, y lo sé. Te amo, y, por consiguiente, quisiera poder ahorrarte toda clase de preocupaciones. En esto consiste mi vida por ti; por lo tanto, no me impidas vivir.

—Tú siempre tienes razón —dije yo sin mirarle.

Me sentía molestada de que una vez más su alma permaneciera serena y tranquila cuando yo rebosaba despecho y un pesar semejante al arrepentimiento.

—¡Katia! ¿Qué te ocurre? —dijo—. No se trata ahora de saber quién de los dos tiene razón; se trata de algo muy distinto. ¿Qué tienes en contra mía? No me lo digas en seguida; reflexiona, y luego dime todo lo que piensas. Estás descontenta de mí; sin duda tienes razón; pero explícame en qué soy culpable.

¿Más cómo habría podido explicarle lo que ocurría en el fondo de mi alma? La idea de que una sola mirada le había bastado para descubrirme; que me encontraba de nuevo ante él como una chiquilla; que no podía hacer nada sin que él lo comprendiese y no lo hubiese previsto me atormentaba más que nunca.

—No me mueve nada en contra tuya —dijo—; sólo que me aburro, y no quisiera aburrirme. Más tú dices que debe de ser así, y Una vez más tendrás razón.

Al decir estas palabras, le miraba. Había conseguido mi objetivo: su serenidad desapareció; el miedo y el sufrimiento hallábanse impresos en su rostro.

—Katia —empezó, con voz sorda y agitada—, no estamos jugando ahora. En este momento se decide nuestro destino. Te ruego que me escuches sin responderme. ¿Por qué quieres atormentarme así?

Le interrumpí.

—Te he dicho antes que tienes razón —repliqué fríamente, como si no fuese yo, sino un genio malo el que hablase por mi boca.

—¡Si supieras lo que haces! —exclamó con voz trémula.

Me eché a llorar, y sentí mi corazón aligerado. Sergio estaba sentado, en silencio, junto a mí. Yo sentía piedad de él, vergüenza de mí misma, tristeza de lo que había hecho. No le miré. Parecióme que en aquel momento me observaba con ojos severos y perplejos. Me volví para verle: su mirada dulce y tierna, como si invocara mi perdón, estaba clavada sobre mí. Le cogí la mano, y le supliqué:

—¡Perdóname! No sé lo que me digo.

—Sí, pero yo sé lo que dices; y sé que dices verdad.

—¿Cómo?

—Que nos conviene marchar a San Petersburgo. Aquí, ya no tenemos nada que hacer.

—Como quieras…

Me cogió en sus brazos y me besó.

—¿Me perdonas? —dijo—. He sido culpable contigo…

Durante aquella velada, toqué el piano largo rato, y Sergio se paseé por la estancia murmurando algo entre dientes. Tenía esta costumbre, y yo le preguntaba a menudo, qué era lo que así mascullaba; Sergio, pensativo siempre, me repetía precisamente lo que antes murmurara. La mayor parte de las veces se trataba de versos, y otras de algún absurdo, pero en esta misma absurdidad yo sabía reconocer cuál era la disposición de su alma.

—¿Qué murmuras hoy? —le pregunté una vez más.

Sergio se detuvo; reflexionó, y sonriendo, me respondió con dos versos de Lermontoff:

… ¡y él, insensato, invocaba la tormenta, como si en la tormenta pudiese reinar la paz!

—¡No; es mucho más que un hombre: todo lo adivina! —pensé—. ¡Cómo no amarle!

Me levanté. Cariñosamente enlacé mi mano con la suya y me puse a andar a su lado, tratando de acompasar mis pasos con los suyos.

—¿Y bien? —preguntó, sonriendo y mirándome.

—¿Y bien? —repetí, y no sé qué impulso de nuestras almas nos enlazó a los dos.

Dos semanas después, antes de las fiestas, estábamos ya en San Petersburgo.

CAPÍTULO VII

Nuestro viaje a San Petersburgo; una semana de permanencia en Moscú; las visites a los parientes de Sergio y a los míos; la instalación de la casa; el viaje una ciudad nueva; panoramas nuevos; todo esto pasó ante mí como en un sueño. Todo era tan variado, tan nuevo, tan alegre; todo era para mí tan caluroso, tan vivamente iluminado por su presencia, por su amor, que la vida pacífica del campo me pareció algo lejano, una especie de vacío. Con gran sorpresa mía, en lugar del orgullo mundano, de la frialdad que esperaba hallar en las personas, todos me acogieron con una afabilidad tan espontánea (no solamente los parientes, sino también los desconocidos), que no parecía sino que me hubiesen estado espirando y se regocijaran de mi llegada.

Al propio tiempo, contra lo que suponía, descubrí que mi marido tenía muchas relaciones entre los círculos de la alta sociedad, y hasta entre los más distinguidos, de las cuales no me había hablado nunca, y a menudo, resultábame extraño e incluso desagradable oírle emitir juicios severos contra algunas de las personas que tan buenas me parecían.

No llegaba a comprender por qué las trataba tan duramente, ni por qué se esforzaba en evitar algunas relaciones que yo consideraba agradables. Creía que cuantas más personas honradas se conocen, tanto mejor, y que todas eras personas honradas.

—Veremos cómo vamos a arreglarnos —me había dicho al dejar el campo —; aquí somos pequeños Cresos, y allí estaremos muy lejos de ser ricos. Por otra parte, nos conviene quedamos en la capital hasta Navidades, y no frecuentar la sociedad, pues de lo contrario nos veríamos en algún apuro. No quisiera para ti...

—¿Por qué frecuentar la sociedad? —repasaba yo—; iremos solamente al teatro; a visitar a los parientes; a oír buena música; a la ópera, y después de todo, antes de Navidad estaremos ya de regreso.

Mas apenas habíamos llegado a San Petersburgo, cuando todos estos buenos propósitos quedaron relegados al olvido. Yo había sido lanzada de pronto a un mundo tan nuevo, tan dichoso; me rodeaban tantos placeres y tantos objetos de interés hasta entonces desconocidos, que de golpe, y sin tener conciencia de ello, me hallé en contradicción con todo mi pasado, y tergiversé todos los planes que aquel pasado había visto nacer. Verdaderamente, hasta entonces todo había sido pueril; la vida no había empezado; la verdadera era aquélla.

Las angustias, los principios de aburrimiento que me perseguían en el campo, desaparecieron pronto y como por encanto. El amor a mi marido volvióse más tranquilo, y por otra parte, nunca, en este nuevo ambiente, me asaltó la idea de que no me amara más que antes. Y, en efecto, no podía dudar de este amor; todos mis pensamientos eran pronto comprendidos por él. Compartía todos mis sentimientos; satisfacía todos y cada uno de mis deseos. Habíase desvanecido aquí su inalterable serenidad, o no me ocasionó al menos, los enojos de antes. Advertí que al lado del viejo amor que siempre me había profesado, experimentaba otro encanto junto a mí.

Con frecuencia, después de una visita, cuando acababa de trabar una nueva amistad, o por la noche, en nuestra casa, donde temblando interiormente de miedo de cometer algún error, había cumplido los deberes de mi papel de dueña de casa, me decía:

—¡Muy bien, querida! ¡Bravo! ¡Ánimo, que esto va bien!

Yo estaba radiante de satisfacción.

Poco después de nuestra llegada, Sergio escribió a su madre, y al pedirme que añadiera yo algo, no quiso dejarme leer lo que había escrito. Ni que decir tiene, que fue precisamente aquello lo que quise hacer, y finalmente lo conseguí.

«No reconocerías a Katia —escribía—. Y ni yo mismo la reconozco. ¿Dónde ha aprendido esa alegre y graciosa seguridad, esa afabilidad, ese inteligente trato social y ese aire tan amable?, y todo tan simplemente, con tanta gentileza y bondad. Todo el mundo está encantado, y yo no me canso de admirarla, y si fuera posible, la amaría más aún».

«He aquí, pues, lo que yo soy», pensé. Y esto me produjo tal placer, me hizo tanto bien, que me pareció asimismo amarle todavía más. Mis éxitos entre todas nuestras relaciones fueron algo absolutamente inesperado para mí. En unos sitios, se me decía que había agradado particularmente al tío; en otros, que una tía no sabía dónde ponerme; algunos afirmaban que en San Petersburgo no había mujer alguna que me igualase; y otros aseguraban que sólo dependía de mi voluntad ser la mujer más buscada de la sociedad. Había sobre todo una prima de mi marido, la princesa D., mujer del gran mundo, entrada en años ya, que se prendó de mí inesperadamente, y me prodigó los más apasionados cumplidos y elogios, capaces de trastornarme la cabeza. Cuando por primera vez me propuso esta prima que asistiéramos a un baile, y manifestó este deseo a mi marido, Sergio volvió la cabeza hacia mí, sonrió imperceptiblemente, no sin malicia, y me preguntó si quería ir. Respondí afirmativamente con la cabeza y me ruboricé.

—Diríase que eres una criminal confesando sus apetencias —observó Sergio riéndose bondadosamente.

—Tú me dijiste que no nos convenía, frecuentar el gran mundo, y que no te gustaba —repliqué, sonriendo también.

—Si lo deseas, iremos.

—Verdaderamente, vale más que no vayamos.

—¿Tienes ganas, muchas ganas de ir? —insistió.

No respondí.

—El gran mundo, en sí, no es el peor mal —prosiguió—; lo malo, malsano, son las aspiraciones mundanas insatisfecha. Nos conviene ir, ciertamente; iremos —terminó sin vacilar.

—A decir verdad —expliqué—, no hay cada en el mundo que me apetezca tanto como el ir a este baile.

Fuimos, y el placer que experimenté superó todas las esperanzas. En el baile, más que en ninguna otra parte, me pareció que yo era el centro alrededor del cual giraba todo; que la gran sala estaba iluminada para mí sola; que la música tocaba para mí sola, que sólo para mí se había congregado aquella multitud que me contemplaba extática. Todos, empezando por el peluquero y la doncella del tocador, hasta los bailarines y los mismos ancianos que paseaban por los salones, parecían decirme, o darme a entender, que estaban locos por mí. La impresión general que produje en aquel baile, y que me comunicó luego mi prima, resumíase en decir que yo no me asemejaba en nada a las otras mujeres, que en mí había algo de particular que evocaba la simplicidad y la alegría de los campos. Tamaño éxito me apasionó de tal modo, que manifesté con franqueza a mi marido mi deseo de asistir aún a dos o tres bailes más en el transcurso del invierno, «y esto —añadí a pesar mío— con objeto de saciarme bien de una vez».

Mi marido consintió de buen grado, y al principio me acompañó de buena gana, satisfecho de mis éxitos, y olvidando completamente (al menos así lo parecía) o desvirtuando lo que antes estableciera como principio.

Más tarde empezó evidentemente a aburrirse y cansarse de la clase de vida que llevábamos. Mas, sin embargo, esto no aparecía suficientemente claro a mis ojos para que cuando a veces me miraba con severa atención, comprendiese el significado de ello. Estaba de tal modo embriagada por aquel amor que creía haber despertado súbitamente en el corazón de tantos extraños, con el perfume de la elegancia, del placer y de las novedades que allí respiraba por primera vez, que la influencia moral de mi marido, hasta entonces abrumadora para mí, habíase de pronto desvanecido; me resultaba tan dulce, no sólo andar en aquel mundo al nivel suyo, sino sentirme colocada allí más alta que él, para en seguida amarle con más fuerza e independencia, que no podía comprender que Sergio me viera disfrutar con desagrado de aquella vida mundana. Sentía en mí misma un nuevo sentimiento de orgullo y satisfacción, cuando, al entrar en el baile, todos los ojos se volvían hacia mí, y Sergio, como si tuviera conciencia de enarbolar ante la multitud sus derechos de posesión sobre mi persona, se apresuraba a dejarme, e iba a perderse entre la masa de los fracs negros, «¡Espera!», pensaba yo a menudo buscando con la mirada su figura casi inadvertida y a veces muy indiferente. «¡Espera! Cuando volvamos a casa, sabrás y verás por quién he querido ser tan noble y brillante; sabrás a quién amo por encima de todo cuanto me ha rodeado esta noche».

Creía, muy sinceramente, que mis éxitos no me satisfacían sino por él, y porque me permitían también sacrificarlos a él solo. Únicamente una cosa, pensaba, podría ofrecerme algún peligro en esta vida mundana: que alguien de los que me trataban en el gran mundo, concibiera una pasión por mí, y que mi marido sintiera celos; pero Sergio me tente tanta confianza, parecía tan tranquilo e indiferente, y todos los jóvenes me resultaban tan insignificantes a su lado, que este peligro, único en mi concepto, que pudiera acecharme en la vida de sociedad, no me espantaba en absoluto. Y a pesar de todo, la atención que tantas personas me prodigaban en los salones me daba un placer, una satisfacción de amor propio, que me hacía hallar cierto mérito a mi amor por mi marido, imprimiendo mayor seguridad en mis relaciones con él, y; en cierta manera, mayor negligencia.

—He observado que hablabas de una manera muy animaba con N. N. —le dije un día al regresar del baile, amenazándole con el dedo, y nombrándole una de las damas más conocidas de San Petersburgo, con la cual, efectivamente, había estado conversando aquella tarde. Quería irritarle un poco, porque en aquel momento estaba particularmente silencioso y tenía el aire de hallarse algo mohíno.

—¿Por qué dices semejante cosa? ¿Y eres tú, Katia, quien lo dice? —exclamó, apretando los labios y frunciendo las cejas, como si experimentara algún dolor físico—. No te está nada bien. Deja las habladurías para las demás; podrían alterar nuestra armonía, y espero aún que esta buena armonía volverá.

Me sentí confundida, y callé.

—¿Volverá, Katia? ¿Qué te parece? —me preguntó.

—No se ha alterado en absoluto —repliqué; y entonces, en efecto, estaba convencida de ello.

—¡Dios lo quiera! —añadió Sergio—. Pero ya es hora de que regresemos al campo.

Ésta fue la única ocasión en que habló así; y durante el resto del tiempo, me pareció que todo iba tan bien para él como para mí, y me sentía contenta y alegre. Si alguna vez llegaba Sergio a aburrirse, me consolaba pensando que durante mucho tiempo me había aburrido yo por él en el campo; si nuestras relaciones experimentaban algún cambio, pensaba que recobrarían todo su encanto cuando, en el verano, volveríamos a encontrarnos solos en nuestra casa de Nikolski.

De esta manera transcurrió para mí el invierno, sin que me diera cuenta de ello, y a pesar de nuestros planes, permanecimos en San Petersburgo incluso durante las fiestas de Navidad. El domingo siguiente, cuando por fin nos disponíamos a partir y teníamos ya el equipaje listo, mi marido, que había terminado las compras de regalos, mostróse en una disposición de espíritu de las más tiernas y alegres. Entonces, nuestra prima vino a vernos inopinadamente, y nos rogó que aplazáramos aún la partida hasta el sábado siguiente, con objeto de poder asistir a la fiesta de la condesa R… Me dijo que la condesa R... me había invitado ya otras veces; que el príncipe M., a la sazón en San Petersburgo, había manifestado en el último baile que le gustaría conocerme, y que con este objeto, asistiría a la fiesta en cuestión. Este príncipe decía en todas partes que yo era la mujer más hermosa de Rusia. Toda la ciudad asistiría a la fiesta y, en una palabra, la reunión sería incompleta si faltaba yo.

Mi marido se hallaba en el otro extremo del salón, hablando con no sé quién.

—Así, pues, ¿vendréis, Katia? —preguntó mi prima.

—Queremos partir pasado mañana al campo —contesté, mirando al lado en que se hallaba mi marido. Nuestros ojos se encontraron, y Sergio se volvió vivamente.

—Yo le convenceré de que os quedéis —insistió mi prima— y el sábado irás a trastornar muchas cabezas, ¿no es eso?

—Echaremos a perder nuestros planes; ya tenemos preparados los equipajes —aduje, empezando a rendirme.

—Sería mucho mejor aún que ella fuera a cumplimentar al príncipe esta misma tarde —dijo entonces mi marido desde el otro extremo de la estancia, irritado y en un tono categórico que jamás había oído en él.

—¡Vamos; se nos pone celoso! Es la primera vez que le veo así —exclamó con ironía—. No era solo el príncipe, Sergio Mikailovitch, sino por todos nosotros que la invito. Es en este sentido que la condesa R... entiende invitarla.

—Esto no depende de ella —concluyó fríamente mi marido, y se marchó.

Yo pude notar que estaba más agitado que de costumbre, lo cual me molestó, y no di ninguna respuesta a mi prima. Tan pronto como ésta se hubo marchado, fui al encuentro de mi marido. Se paseaba nerviosamente por la habitación, en todas direcciones, y no me vio ni me oyó cuando entré de puntillas.

«Se acuerda de su querida casa de Nikolski —pensé al verle—; recuerda el café de la mañana en el luminoso salón, los campesinos, la velada en la sala y la misteriosa cena de la noche. Yo daría todos los bailes del mundo y los cumplidos de todos los príncipes para volver a hallar su alegre animación y sus dulces caricias».

Me disponía simplemente a decirle qué no iría a la fiesta, y que no tenía deseos de semejante cosa, cuando de pronto se volvió hacia mí. Al verme frunció las cejas, y la expresión suavemente meditabunda de su fisonomía cambió por completo. De nuevo noté en su rostro las huellas de una sagacidad penetrante y de una calma protectora. No quería dejar entrever la simple naturaleza humana; pretendía seguir siendo para mí el semidiós sobre un pedestal.

—¿Qué tienes, amiga mía? —me preguntó, girando la cabeza negligente y pacíficamente.

No respondí. Provocaba mi despecho que se ocultara de mí y no quisiera ser a mis ojos tal como yo le amaba.

—¿Quisieras asistir a la fiesta del sábado? —preguntó.

—Tenía deseos de ir —le respondí—, pero no puede ser. Además, ya está todo en las maletas —añadí.

Jamás me había mirado tan fríamente; jamás me había hablado con tanta frialdad.

—No marcharemos antes del martes, y daré órdenes de deshacer los equipajes —repuso—; por lo tanto, no partiremos hasta que tú lo quieras. Hazme el favor, pues, de asistir a esa fiesta. Yo no me marcharé.

Como siempre que le atormentaba alguna agitación, se paseó por la estancia con pasos desiguales, y sin mirarme.

—Decididamente no te comprendo —le dije, saliéndole al paso y siguiéndole con la mirada—. ¿Por qué me hablas así? Estoy muy bien dispuesta a sacrificarte este placer, y tú, con una ironía desconocida para mí, me exiges que vaya.

—¡Ah, vamos! Tú te sacrificas —acentuó fuertemente esta palabra—, y yo también me sacrifico; ¿para qué más? Combate de generosidad. Aquí tenemos, me parece, lo que se puede llamar la felicidad de la familia.

Era la primera vez que oía salir de su boca palabras tan duras y burlonas. Su sarcasmo no me llegaba al corazón, y su dureza no me espantó, pero se me contagiaron. ¿Era, en efecto, él, siempre tan enemigo de las frases en nuestras conversaciones, siempre tan franco y tan simple quien me hablaba de aquel modo? ¿Y por qué? Precisamente porque yo había querido sacrificarme para satisfacción tuya, por encima de la cual no podía yo ver cosa alguna; pues en aquel mismo instante, ante aquella idea, había comprendido cuánto le amaba. Nuestros papeles se hallaban cambiados; él era quien había abandonado toda franqueza y toda simplicidad, y yo quien las había hallado.

—Estás muy cambiado —le-dije, suspirando—. ¿De qué soy culpable a tus ojos? No es precisamente esta fiesta lo que te indigna; debes de tener alguna queja de mí. ¿Por qué no hablas con sinceridad? Habla claro, ¿qué tienes en contra mía?

«Vamos a ver lo que dirá» —pensé, recopilando mis recuerdos con secreto agrado de mí misma. «No tiene derecho a reprocharme nada por mi conducta de este invierno».

Me situé en medio de la estancia para que se viera obligado a pasar junto a mí, y hubiera de mirarme. Me decía: «se acercará, me abrazará, y todo habrá terminado». Esta idea atravesó mi espíritu, y sin embargo, me pesó un poco no haber podido demostrarle que estaba en un error. Pero Sergio se detuvo en un extremo de la estancia, y mirándome, dijo:

—¿No lo comprendes?

—No.

—Pues… ¿cómo he de decírtelo?… Me da horror, por primera vez, me da horror lo que siento y lo que no puedo dejar de sentir.

Se detuvo, espantado evidentemente de la ruda entonación de su voz.

—¿Qué quieres decir? —pregunté, con los ojos llenos de lágrimas de indignación.

—Me horroriza la idea de que, habiéndote encontrado linda el príncipe, hayas querido correr a su encuentro, olvidando a tu marido, olvidándote de ti misma y de tu dignidad de mujer; lejos de esto, acabas de decir a tu marido que querías sacrificarte, que es como decir: Agradar a vuestra Alteza sería mi mayor felicidad, pero, gustosamente, la sacrifico.

Cuanto más hablaba, más elevaba el tono de su voz, y esta voz resonaba mordiente, dura, violenta. Nunca le había visto ni esperaba verle así; se me agolpó la sangre al corazón y tuve miedo, pero al mismo tiempo, el sentimiento de una vergüenza inmerecida y de un amor propio ofendido me trastornaban profundamente, y sentía deseos de vengarme de él.

—Hace mucho tiempo que aguardaba esta explosión —dije—; habla, habla.

—No sé lo que aguardabas —prosiguió—; yo podría aguardar algo peer aún, viéndote todos los días encenegarte en este barro, en esta ociosidad, en este lujo, en este ambiente estúpido; y yo aguardaba… Aguardaba lo que hoy me cubre de vergüenza y me embarga de un dolor como jamás había sentido; vergüenza de mí mismo, cuando tu amiga, hurgando en mi corazón con sus manos sucias de barro, ha hablado de celes, y de mis celos ¿de quién?, de un hombre que ni yo ni tú conocemos. Y tú, como si lo hicieras adrede, no quieres comprender, quieres sacrificar, ¿qué? ¡Dios mío!… ¡Qué vergüenza para ti! ¡Qué vergüenza por tu rebajamiento! ¡Sacrificio!… —repitió aún con doloroso acento.

«He aquí, pues, la autoridad de un marido —pensé—. Ofender y humillar a su esposa, que no es culpable en lo más mínimo. He aquí en qué consisten los derechos del marido; pero a esto no me someteré jamás».

—No, no te sacrifico nada —repliqué en voz alta, notando que las ventanas de mi nariz se dilataban desmedidamente, y que la sangre huía de mi rostro. El sábado iré a la fiesta; ¡ya lo creo que iré!

—¡Y diviértete mucho! Pero entre nosotros todo ha acabado —exclamó en un acceso de ira que no pudo contener—. Al menos así no me martirizarás más. Yo era un loco cuando…

Pero sus labios temblaban, y realizó un visible esfuerzo para contenerse y no acabar de decir lo que había empezado.

En aquel momento, le temí y le odié. Habría querido decirle muchas cosas aún, y vengarme de todas sus injurias; pero si hubiese abierto la boca, no habría podido contener las lágrimas y hubiera comprometido ante él mi dignidad. Salí de la estancia silenciosamente. Pero apenas dejé ce oír sus pasos, me sobrecogió de pronto el miedo ante la idea de lo que acabábamos de hacer. Me pareció horrible que, tal vez para toda la vida, se hubiese roto el lazo que constituyó nuestra felicidad. Quise retroceder, pero ¿estaría suficientemente apaciguado para comprenderme cuando le ofreciera la mano sin decirle nada y mirándole a los ojos? ¿Comprendería mi generosidad? ¿Y si calificara de ficción mi dolor sincero? ¿No me daría su perdón con orgullosa tranquilidad? ¿Y por qué me había ofendido hasta tal punto, a mí, que tanto le amaba?

No fui a su habitación, sino a la mía, donde permanecí mucho rato sola, sentada y llorando, recordando con horror todas las palabras de la última conversación, substituyendo imaginariamente otras palabras, y añadiendo otras mejores; luego me acordaba de nuevo de lo que había ocurrido, con temor, mezclado con el sentimiento de mi ultraje. Cuando por la tarde fui a tomar el té y en presencia de C… que se encontraba en casa, me hallé de nuevo frente a mi marido, comprendí que desde aquel día se había abierto un abismo entre nosotros. C… me preguntó cuándo nos marcharíamos; yo no le respondí.

—El martes —replicó mi marido. Me asusté del sonido de aquella voz, cuyo tono parecía, sin embargo, el de costumbre, y miré tímidamente a mi esposo. Sus ojos se clavaron en mi semblante; su mirada estaba llena de malicia y de ironía, y su acento era mesurado y frío.

—Sí —contesté.

Por la noche, cuando estuvimos solos, se me acercó, y ofreciéndome la mano dijo:

—Olvida lo que te he dicho, te lo ruego.

Cogí aquella mano; una sonrisa helada contrajo mi rostro, y las lágrimas pugnaron por escapar de mis ojos; pero Sergio, retirando la mano, y como si temiera una escena sentimental, se sentó en una butaca distante de mí: «¿Es posible que aún se figure tener razón?», pensé; mis labios se entreabrían ya para dar una explicación cordial y pedir que no fuéramos a la fiesta.

—Precisa escribir a mamá que hemos aplazado la partida —dijo—; de lo contrario se inquietaría.

—¿Y cuándo piensas partir? —pregunté.

—El martes, después del baile.

—Espero que no será en mi obsequio —dije mirándole a los ojos; pero sus ojos me miraron también, y no me dijeron nada, como arrastrados lejos de mí por una fuerza secreta. Su rostro me pareció de pronto envejecido y de expresión desagradable.

Fuimos a la fiesta, y, en apariencia nuestras relaciones habían vuelto a set normales y afectuosas; pero en el fondo, estas relaciones eran muy distinta: de antes.

En la fiesta, me hallaba yo sentada en un círculo formado por varias señoras cuando el príncipe se me acercó, hube de levantarme para hablarle. En cuanto estuve de pie, busqué involuntariamente los ojos de mi marido, y observé que me miraba desde el otro extremo de la sala; luego se volvió. En seguida me invadió tanta vergüenza y dolor, que experimenté una turbación enfermiza, y sentí cómo mi semblante enrojecía hasta el cuello ante los ojos del príncipe, pero hube de quedarme allí, y oír lo que me decía mientras me examinaba de pies a cabeza. Nuestra conversación no fue larga; no había ningún asiento desocupado para que pudiera sentarse junto a mí, y seguramente comprendió que me sentía violenta a su lado.

Hablamos del último baile, del sitio donde había, pasado yo el verano y otras cosas sin importancia. Al separarnos, manifestó su deseo de conocer a mi marido, y pronto observé cómo se encontraban y se ponían a hablar en un extremo del salón. Probablemente el príncipe le habló de mí, porque sonrió y dirigió la vista a donde yo me encontraba.

Mi marido enrojeció en seguida, saludó profundamente y fue el primero en dejar al príncipe. Yo también me ruboricé, y me avergoncé de la idea que el príncipe habría debido concebir acerca de mi marido. Parecióme que todo el mundo había notado mi timidez y mi embarazo durante mi conversación con el príncipe, así como su singular distinción. «Sabe Dios —me decía— cómo se habrá podido interpretar; ¿no se sabrá, por casualidad, la discusión que he tenido con mi marido?».

Mi prima me acompañó a casa, y durante el trayecto hablamos de él. No pude dejar de contarle todo lo ocurrido entre nosotros con motivo de aquella desgraciada fiesta. Mi prima me tranquilizó, diciéndome que esto era una de las frecuentes rencillas que nada significaban, y que no dejaban rastro. Describiéndome desde su punto de vista el carácter de mi marido, me dijo que lo encontraba muy poco comunicativo y muy orgulloso; estuve de acuerdo con ella, y después de esto, creí comprender mejor su carácter y hasta comprenderlo con más calma.

Pero en seguida, cuando mi marido y yo volvimos a hallarnos uno junto al otro, el juicio que de él había hecho me pareció un verdadero crimen que pesaba en mi conciencia, y sentí que el abismo abierto entre él y yo se ensanchaba mis y más.

A partir de aquel día, nuestra vida y nuestras relaciones registraron un cambio completo. Estar los dos solos ya no nos parecía tan agradable como antes. Había cuestiones de las cuales evitábamos tratar, y nos resultaba más fácil hablar en presencia de una tercera persona que a solas. Cuando en la conversación se hacía la más ligera referencia, fuese a la vida del campo, fuese a un baile, parecía que una especie de fuegos fatuos danzaran ante nuestros ojos, y nos sentíamos embarazados tan sólo de mirarnos. Ambos creíamos comprender hasta qué punto nos separaba el abismo, y temíamos acercamos. Yo estaba convencida de que él era orgulloso y arrebatado, y que me precisaba ser muy circunspecta para no herir su susceptibilidad, y él estaba persuadido de que yo no podía vivir lejos de la vida del gran mundo, que la del campo no me convenía, y que debía resignarse a esta desgraciada inclinación. Evitábamos también, cada uno por nuestra cuenta, toda conversación directa acerca de estos temas, y nos juzgábamos mutuamente con absoluta falsedad. Hacía ya tiempo que ante nuestros propios ojos, habíamos dejado de ser respectivamente los seres más perfectos del mundo, y establecido, por el contrario, recíprocas comparaciones con quienes nos rodeaban.

CAPÍTULO VIII

Caí enferma antes del viaje, y en vez de irnos al campo, nos instalamos en un chalet, de donde partió mi marido para ir él solo a visitar a su madre. Cuando se marchó, yo me hallaba ya suficientemente restablecida para poder acompañarle; pero él me rogó que me quedara, como si temiera por mi salud. Comprendí que en el fondo, no era por mi salud que temía, sino que estaba convencido de que no sería buena para nosotros la permanencia en el campo.

No insistí mucho, y me quedé. En verdad, sin él me encontré en el vacío y en el aislamiento; pero cuando regresó, me di cuenta de que su presencia no añadía a mi vida lo que en otro tiempo le había llevado.

La alegre intimidad de antes, cuando todos los pensamientos, todas las sensaciones, me oprimían como un crimen si no se las había comunicado; cuando todas sus acciones, todas sus palabras me parecían modelos de perfección; cuando la alegría nos hacía reír de cualquier cosa, sólo al mirarnos uno al otro; aquella intimidad había desaparecido tan insensiblemente, que nosotros mismos no nos dábamos cuenta de semejante metamorfosis.

En el fondo, cada Uno tenía ocios, ocupaciones e intereses separados que no intentábamos vivir en común. Habíamos cesado de experimentar turbación alguna de vivir de este modo, en mundos completamente distintos, enteramente extraños el uno para el otro. Nos acostumbramos a esta idea, y al cabo de un año había desaparecido todo azoramiento mutuo cuando nos mirábamos. Sus accesos de alegría, sus niñerías, habían desaparecido completamente, y también había desaparecido aquella indulgente indiferencia hacia todas las cosas contra las que antes me había rebelado; no había sobrevivido nada de aquella mirada profunda de otro tiempo, que me turbaba a la par que me regocijaba; cesaron también aquellas plegarias, aquellos transportes que tanto nos placía compartir, y llegamos incluso a vernos muy poco. Sergio estaba constantemente de viaje, y yo no temía ni me lamentaba de quedarme sola; por mi parte, me había lanzado al torbellino de la vida social del gran mundo, sin experimentar en lo más mínimo la necesidad de exhibirme con él.

Entre nosotros no se producían escenas ni discusiones. Esforzábame en satisfacerle, y él cumplimentaba todos mis deseos. Habríase dicho que seguíamos amándonos uno a otro.

Cuando nos encontrábamos a solas, cosa que, por otra parte, no sucedía a menudo, no experimentaba a su lado ni júbilo, ni agitación, ni embarazo, como si me hallara sola con mis pensamientos. Sabía muy bien que quien se hallaba junto a mí no era ningún advenedizo, ningún desconocido, sino al contrario, un hombre excelente, mi marido, en fin, a quien conocía tan bien como a mí misma. Estaba convencida de saber de antemano lo que iba a hacer o decir, toda su manera de ver, y cuando actuaba o pensaba distintamente de como yo esperaba, parecíame simplemente que me había equivocado. Por otra parte, no esperaba nada de él. En una palabra: era mi marido y nada más. Parecíame que las cosas eran así y debían serlo; que no podían existir, y que de hecho no habían existido nunca otras relaciones entre nosotros.

Cuando se ausentaba, sobre todo al principio, experimentaba, no obstante, los efectos de una terrible soledad, y hallábame lejos de él cuando creía sentir aún con fuerza todo el valor de su ayuda. Al verle regresar, me colgaba con alborozo de su cuello; pero apenas transcurridas dos horas, había olvidado ya esta alegría y no atinaba a decirle nada. En estos cortos instantes, en que renacía entre nosotros una ternura apacible y templada, me parecía que no era aquello lo que tan poderosamente llenara mi alma, y creía leer en sus ojos la misma impresión. Comprendía cómo en aquella ternura había un límite, que ni él ni yo queríamos franquear. A veces, esto me producía accesos de melancolía, pero no tenía tiempo para pensar seriamente en sus causas, y me esforzaba en olvidar esta melancolía mediante una gran diversidad de distracciones, de las cuales acaso no me daba perfecta cuenta, pero que constantemente se me ofrecían. La vida de sociedad, que en un principio me aturdiera con su esplendor y con la satisfacción que daba a mi amor propio, dominó pronto todas mis inclinaciones, llegando a ser una costumbre que me subyugaba, y ocupando en mi alma todo el espacio destinado a albergar el sentimiento. Procuraba también no quedarme sola con mi misma por miedo a profundizar demasiado mi situación. Todo mi tiempo, desde por la mañana temprano hasta altas horas de la noche, no me pertenecía, estaba como presa, y me parecía que siempre había de ser así.

De este modo transcurrieron tres años, y nuestras relaciones siguieron siendo las mismas, como inmovilizadas, fijadas, y como si no pudieran mejorar ni empeorar. En el curso de estos tres años, dos importantes acontecimientos habían sobrevivido en el seno de nuestra familia, pero ni el uno ni el otro habían producido cambio alguno en nuestra existencia. Estos acontecimientos fueron el nacimiento de mi primer hijo, y la muerte de Tatiana Semenovna. En un principio, el sentimiento maternal me invadió con tal fuerza, y se apoderó de mí un transporte tan inesperado, que llegué a figurarme que empezaba para mí una nueva vida; pero a los dos meses, este sentimiento, en progresiva decadencia, acabó no siendo más que el simple y frío cumplimiento de un deber. Mi marido, en cambio, desde el nacimiento del primer hijo había vuelto a ser el hombre de antes, dulce, pacífico, apegado al hogar, y había dado a su hijo toda su antigua ternura y toda su alegría.

A menudo, cuando, antes de salir, yo entraba en traje de noche en la habitación del niño para darle la bendición nocturna, encontraba a Sergio Mikailovitch junto a la camita y creía leer une mirada de reproche, una mirada severa y atenta que parecía reconvenirme y me sentía avergonzada. Me aterraba mi indiferencia por mi propio hijo, y me preguntaba: «¿Seré peor que las otras mujeres? Más, ¿qué debo hacer? —pensaba—. Amo a mi hijo, ciertamente, pero, sin embargo, no puedo permanecer sentada a su lado días y días; esto me aburriría, y en cuanto a fingir, no lo quisiera por nada del mundo».

La muerte de su madre causó profunda pena a Sergio Mikailovitch. Le resultaría muy doloroso, afirmaba, vivir sin ella en Nikolski.

Aun cuando yo lo sentí mucho y participé en la pena de mi marido, me habría sido más agradable y mucho más descansado vivir en el campo. Habíamos pasado en la capital la mayor parte de estos tres años. Sólo en una ocasión pasé dos meses seguidos en el campo; y el tercer año nos fuimos al extranjero.

Pasamos el verano en un balneario. Tenía yo entonces veintiún años. Nuestra fortuna, pensaba, hallábase en estado floreciente; de la vida de familia no esperaba nada más de lo que ya me había dado; parecíame ser querida por cuantos me conocían; mi salud era excelente; mis vestidos, los más elegantes; sabía que era linda; el tiempo era soberbio; me envolvía no sé qué atmósfera de belleza y de elegancia, y todo me parecía alegre en extremo. No obstante, no me sentía contenta como llegué a estarlo en Nikolski, cuando hallaba mi felicidad en mí misma, cuando era feliz porque merecía serlo; cuando mi dicha era grande, pero susceptible de aumentar aún. Ahora no era lo mismo, aunque aquel verano no resultaba menos bueno. No tenía nada que desear, nada que esperar, nada que temer: mi vida, al parecer, hallábase en toda su plenitud, y figurábame también que mi conciencia estaba tranquila.

Entre los jóvenes que brillaban en aquella estación balnearia, no había un solo hombre que pudiera distinguirse en cualquier cosa de los demás, ni el viejo príncipe K..., nuestro embajador, que me hacía la corte con alguna insistencia. El uno era muy joven; el otro demasiado viejo; el uno, un inglés de cabello rubio; otro un francés barbudo; todos me resultaban perfectamente indiferentes, pero, al propio tiempo, me eran indispensables. Con sus rostros insignificantes, pertenecían a aquella atmósfera elegante de la vida en que me hallaba sumergida. Había, empero, entre ellos, el marqués italiano D..., que me llamó la atención más que los otros por la forma atrevida con que exteriorizó el entusiasmo que yo le inspirara. No dejó perder ninguna ocasión de hallarse conmigo, de bailar, de montar juntos a caballo, y de ir al casino, y me decía continuamente que yo era hermosa. A veces, desde la ventana, le veía rondar nuestra casa, y a menudo la desagradable asiduidad de las miradas que me lanzaban sus ojos centelleantes, me había hecho ruborizar y volver la cara, avergonzada.

Era joven, de buena presencia, elegante, y lo más notable es que en su sonrisa, y en cierta expresión de su frente, se parecía a mi marido.

Me impresionó tal semejanza, por más que se diferenciaban en el conjunto, en la boca, en la mirada, en la forma alargada de su mentón, y que en lugar del encanto que comunicaba a mi marido la expresión de una bondad y calma ideales, aquél tenía algo de grosero y casi de bestial. Me figuré que me amaba apasionadamente; a veces pensaba en él con orgullosa compasión. Intenté calmarlo, llevarlo a los límites de Una posible confianza medio amistosa. Pero él rehusó mis tentativas en la forma más decisiva y persistió, muy a pesar mío, en turbarme con las manifestaciones de una pasión, muda aún, pero que amenazaba hacer explosión a cada instante. Aunque no me lo confesaba, temía a aquel hombre y, en cierta manera contra mi propia voluntad, pensaba a menudo en él. Mi marido le había conocido, e incluso llegó a intimar más con él que con las otras relaciones que teníamos, ante las cuales, se limitaba simplemente a ser el esposo de su mujer, mostrándose frío y altivo por añadidura. Hacia fines de la temporada de baños, estuve algo indispuesta, y durante dos semanas no salí de casa.

Cuando, después de la enfermedad, salí una tarde por primera vez para ir al concierto, me enteré de que durante mi reclusión, había llegado lady C…, a quien se esperaba desde hacía tiempo, y que tenía mucha fama por su belleza. Alrededor mío se formó un círculo de personas que me tributaron una alegre acogida; pero un círculo más numeroso aún se agrupó en torno de la recién llegada belleza, A mi lado no se hablaba sino de ella y de su hermosura. Me la mostraron; era, en efecto, muy seductora, pero me impresionó desfavorablemente la suficiencia que revelaban sus rasgos, y así lo manifesté. Aquel día, todo lo que hasta entonces me había parecido tan alegre me llenó de aburrimiento. Al día siguiente, lady C… organizó una excursión al castillo, a la cual renuncié. Nadie permaneció a mi lado, y decididamente todo cambió de aspecto ante mis ojos. En aquel momento me pareció todo estúpido y fastidioso, cosas y hombres; sentía ganas de llorar, de terminar cuanto antes la cura y regresar a Rusia. En el fondo de mi alma habíase deslizado un sentimiento malsano, que yo no osaba confesarme; salía muy raramente, sola y de mañana, a beber las aguas o a dar un paseo por los alrededores con L. M., una de mis compatriotas. Mi marido no estaba entonces conmigo, habíase marchado unos días antes a Heidelberg, donde esperaba la terminación de mi cura para regresar en seguida a Rusia, y no venía a verme más que de tarde en tarde.

Un día, lady C… invitó a toda la sociedad a una excursión, y por nuestra parte, L. M… y yo fuimos después de comer al castillo. Mientras seguíamos al paso de nuestro coche el tortuoso camino que serpenteaba entre hileras de castaños seculares, a través de los cuales veíanse a lo lejos los deliciosos y elegantes contornos de Badén, bajo los postreros rayos del sol poniente, nos pusimos a hablar seriamente de lo que en la vida nos había ocurrido. L. M…, a quien conocía de antiguo, se me apareció por primera vez bajo el aspecto de una mujer hermosa y espiritual, con quien se podía hablar de todo y lo que la sociedad ofrecía de atractivo. La conversación recayó sobre la familia, los hijos, la vida tan vacua que se llevaba en el lugar donde nos hallábamos, nuestro deseo de volver a encontramos en Rusia, en el campo, y de pronto, no sé qué impresión dulce y triste se apoderó de nosotras. Fue bajo la influencia de estos sentimientos graves que llegamos al castillo. Detrás de los muros reinaban la sombra y la frescura; en la cima de las ruinas se quebraban aún los rayos del sol, y el más ligero ruido de los pasos y de las voces resonaba bajo las bóvedas. A través de la puerta se abría, como en un marco, el cuadro natural del paisaje de Badén, encantador y, no obstante, frío para nuestros ojos rusos.

Estábamos sentadas descantando, y contemplábamos en silencio la puesta del sol. Se oyeron unas voces con cierta distinción, y me pareció comprender que alguien pronunciaba mi nombre de familia. Presté oído atento, e involuntariamente percibí con claridad algunas frases. Las voces me eran conocidas: la del marqués D..., y la del francés, su amigo, a quien también conocía. Hablaban de mí y de lady C... El francés nos comparaba a las dos y analizaba la belleza de cada uno de nosotras. No decía nada ofensivo, mas a pesar de ello, la sangre se me agolpó en el corazón cuando oí sus palabras. Explicaba detalladamente lo que hallaba de bueno, ya en mí ya en lady C... De mí, que ya tenía un hijo, de lady C..., que tenía diecinueve años ¡las trenzas de mis cabellos eran muy bellas, pero en cambio las de lady C... eran más graciosas. Lady C... era más gran señora, «mientras que la otra» decía hablando de mí, «es una de aquellas princesitas rusas que tan a menudo hacen su aparición por aquí». Acabó diciendo que yo hacía muy bien en no tratar de luchar contra lady C...... pues de lo contrario hallaría definitivamente en Badén mi propia tumba.

—Me sabría mal.

—A menos que no quiera consolarse con nosotros —añadió irónicamente el francés con una risa guasona y cruel.

—Si se marchara, la seguiría —dijo groseramente la voz de acento italiano.

—Feliz mortal! ¡Aún puede amar! —repuso su interlocutor en tono de burla.

—¿Amar? —prosiguió el italiano, y se detuvo un momento—. No puedo vivir sin amar; Sin amor no hay vida. Convertir la vida en una novela: sólo esto vale la pena. Y mi novela no se corta nunca por el centro; ésta, como las otras, ha de llegar a su fin.

—Buena suerte, amigo mío —repuso el francés.

No oí nada más, porque pasaron detrás de un ángulo del muro, y pronto sus pasos se perdieron hacia otro lado. Bajaron la escalera, y a los pocos minutos salieron por una puerta lateral, y quedaron muy sorprendidos de vernos. Me ruboricé cuando el marqués D... se me acercó, y me espanté cuando al salir del castillo me ofreció el brazo. No pude negarme a aceptarlo, y andando tras de L. M. que iba con el amigo del marqués, nos dirigimos al coche. Yo estaba ofendida por lo que el francés había dicho de mí, si bien en secreto reconocía que había dado nombre a lo que yo misma sentía; pero las palabras del marqués me habían confundido y sublevado por su grosería. Torturábame la idea de haber oído aquellas palabras, y al propio tiempo ya no tenía miedo de él. Me disgustaba sentirle tan cerca de mí; sin mirarle, sin responderle, y esforzándome en no oír sus palabras, caminaba precipitadamente detrás de L. M… y del francés.

El elegante marqués me decía no sé qué acerca de la belleza de la vida, acerca de la inesperada felicidad de haberme encontrado y no sé cuántas cosas más; pero yo no le escuchaba. Pensaba en mi marido, en mi hijo, en Rusia; me oprimían la vergüenza, la piedad, el deseo de apresurar aún más mi regreso a casa y de hallarme en mi solitaria habitación del hotel de Badén, a fin de reflexionar en libertad acerca de lo que desde hacía un momento se agitaba en mi alma. Pero L. M… andaba despacio; había un buen trecho aún hasta la carretera, se me antojó que mi pareja acortaba el paso obstinadamente, como si trataba de quedarse a solas conmigo. «Esto no puede ser», me dije, y decidí andar a paso más vivo. Pero el marqués me contuvo de una manera que no dejaba lugar a dudas, y me oprimió el brazo. En este momento L. M… dio la vuelta a un recodo del camino, y quedamos completamente solos. Me sobrecogió intenso temor.

—Dispérseme —le dije con mucha frialdad, y quise retirar mi brazo; pero el encaje de la manga se enganchó en uno de sus botones. Entonces, inclinándose hacia mí, se puso a desengancharla, y sus dedos, sin guantes, tocaron mi brazo. Un sentimiento nuevo, que no era de terror ni de gozo, hizo que un escalofrío recorriera mi espalda. Le miré al propio tiempo, para que mi fría mirada expresase todo el menosprecio que me inspiraba; pero esta mirada, al parecer, no expresó este sentimiento, sino el de terror y de agitación. Sus ojos ardientes y húmedos, clavados en mí, me miraban con pasión; sus manos cogían las mías por la muñeca; sus labios dijeron que me amaba, que yo le era todo para él, y sus manos me oprimieron con más fuerza. Sentí como fuego en mis venas; los ojos se me nublaron, temblé, y las palabras con que habría querido detenerle se anudaron en mi garganta. De pronto sentí un beso en la mejilla, y entonces, trémula y helada, permanecí inmóvil y le miré. Sin fuerzas para hablar ni para obrar, dominada por un profundo terror, esperaba y deseaba Dios sabe qué.

Esto duró sólo un instante. Pero este instante fue terrible. En aquel momento lo vi tal como era; analicé su semblante de una sola mirada: la frente estrecha y baja, la nariz derecha y correcta, con las ventanas dilatadas, el bigote y la barba finos y brillantes; las mejillas cuidadosamente afeitadas, y el cuello impecable. ¡Le aborrecía y le temía; era un extraño pera mí y, no obstante, en aquellos momentos, con qué fuerza resonaban en mí la turbación y la pasión de aquel hombre aborrecible, de aquel extraño!

—¡La amo! —murmuró con aquella voz tan semejante a la de mi marido.

En el acto mismo recordé a éste y a mi hijo; se me aparecieron como seres queridísimos que hubiesen existido en otro tiempo, y para los cuales todo hubiera terminado. De pronto, desde detrás de un recodo del camino, se oyó la voz de L. M... que me llamaba. Recobré mi ánimo; arranqué mi mano de las suyas sin mirarle, y escapé como quien dice a reunirme con L. M... Subimos al coche, y sólo entonces le lancé una mirada. El marqués se quitó el sombrero y me dijo algo, sonriendo. No sospechó la inexpresable tortura que me afligía en aquel momento.

¡Qué desgraciada me parecía la vida, qué sombrío el porvenir! L. M... me habló, pero no comprendía nada de lo que me decía. Figuróseme que me hablaba sólo por compasión, para disimular el menosprecio que le inspiraba. En cada una de sus palabras, en cada una de sus miradas, creía percibir este menosprecio y esta compasión ultrajantes.

El beso abrasaba aún mis mejillas con escocedora vergüenza, y el recuerdo de mi marido y de mi hijo me resultaba insoportable. Una vez sola en mi estancia, esperaba poder meditar acerca de mi situación; pero me pareció aterradora la idea de quedarme sola. No tomé el té que me trajeron, y sin saber yo misma por qué, con gran apresuramiento decidí marcharme aquella misma tarde en el tren de Heidelberg, para reunirme con mi marido. Cuando estuve instalada con mi doncella en el desierto vagón, cuando la máquina se puso en movimiento, y mientras respiraba el aire fresco por las ventanillas abiertas, empecé a recobrarme y a representarme con mayor claridad mi pasado y mi porvenir. Toda mi vida de matrimonio, desde el día en que nos marchamos a San Petersburgo, se me apareció de pronto bajo una nueva luz y llenó de reproches mi conciencia.

Por primera vez recordé vivamente los comienzos de nuestra existencia en el campo; mis planes, y por primera vez esta pregunta se formuló en mi espíritu. ¿Qué has hecho por su felicidad?, y me sentí culpable hacia él. Pero me dije también, ¿por qué no me ha retenido a tiempo; por qué disimular ante mí; por qué evitar toda explicación; por qué ofenderme? ¿Por qué no usaba conmigo el poder de su amor? ¿Acaso ya no me amaba? Pero fuese él culpable o no, el beso de aquel extraño no quedaría por ello menos grabado en mi mejilla, y me parecía aún sentirlo. Cuanto más me aproximaba a Heidelberg, más clara se me ofrecía la imagen de mi marido, y más terrible la inminente espera de volverle a ver. Se lo diría todo, todo; inundaría mis ojos con las lágrimas del arrepentimiento, pensaba, y me perdonaría. Pero yo misma no sabía lo que era aquel «todo» que había de decirle, y no estaba muy convencida de que me perdonase. Así, pues, desde que entré en la habitación de mi marido y vi su rostro tan sereno, aunque sorprendido, no me sentí ya en condiciones de decirle nada, de confesarle nada, ni de suplicarle el perdón. Un indecible pesar y un profundo arrepentimiento gravitaban sobre mí.

—¿Qué idea te ha dado? —dijo—. Yo pensaba ir a reunirme contigo mañana. —Pero al examinarme de más cerca se mostró casi asustado—. ¿Qué tienes? ¿Qué te pasa? —prosiguió.

—Nada —respondí, conteniendo mis lágrimas con gran dificultad—. He venido sin más ni más. Marchémonos a Rusia, si puede ser mañana.

Sergio quedó un buen rato en silencio, observándome con atención.

—Vamos, cuéntame, ¿qué te ha ocurrido? —dijo por fin.

Me ruboricé involuntariamente, y bajé los ojos. En los suyos brillaba no sé qué presentimiento de ultraje y de ira. Tuve miedo de las ideas que podían asaltarlo, y con un poderoso esfuerzo de disimulo, del que yo misma no me habría creído capaz, me apresuré a contestar con naturalidad:

—No me ha ocurrido nada; sólo que me han vencido el aburrimiento y la tristeza. Estaba sola, y he pensado mucho en ti y en nuestro género de vida. ¡Cuánto tiempo hace que soy culpable contigo! Después de esto, puedes llevarme adonde quieras. Sí, hace mucho tiempo que soy culpable contigo —repetía, y de nuevo las lágrimas se escapaban de mis ojos—. ¡Volvamos al campo! —exclamé—. ¡Y para siempre!

—¡Ah, querida! Ahórrate estas escenas sentimentales —dijo Sergio fríamente—. Que te vayas al campo está muy bien, porque nos encontramos un poco justos de dinero: pero que sea para siempre, esto es una quimera. Sé muy bien que no puedes permanecer mucho tiempo en el campo. Vamos; toma una taza de té; te sentará bien —concluyó, levantándose para llamar a la criada.

Me imaginé lo que sin duda pensaba de mí, y me sentí ofendida de las ideas que creía leer en la mirada llena de desconfianza y de vergüenza que me dirigió. ¡No, no quiere ni puede comprenderme! Le dije que iba a ver al niño, y le dejé. Ansiaba estar sola y poder llorar, llorar, llorar…

CAPÍTULO IX

Nuestra casa de Nikolski, tanto tiempo desierta y fría, volvió a revivir, mas lo que no revivió fue lo que allí había existido: la madre de Sergio ya no estaba; quedábamos solos, uno frente al otro y, ahora, no solamente la soledad no era ya lo que nos hubiera convenido, sino que significaba un tormento para nosotros. El invierno transcurrió muy malo para mí, puesto que estuve enferma y no me restablecí hasta después de nacer mi segundo hijo.

Las relaciones con mi marido seguían siendo las de una fría amistad, como desde los tiempos de nuestra estancia en San Petersburgo; pero en el campo, el sol, las paredes, los muebles, me recordaban lo que él había sido para mí, y lo que yo perdiera. Entre nosotros había como una ofensa no perdonada: habríase dicho que quería castigarme por alguna cosa, y que simulaba no darse cuenta de ello. ¿Cómo pedir perdón sin saber de qué culpa? Me castigaba únicamente no entregándose a mí por completo, no ofreciéndome su alma, como en tiempos pasados; pero a nadie ni en ninguna circunstancia no entregaba esta alma suya, cual si careciera de ella. A veces, se me ocurría la idea de que fingía ser de aquella manera sólo para atormentarme, y que en él seguía viviendo el mismo sentimiento de antes; entonces me esforzaba en provocarlo para que lo manifestara, pero él eludía siempre toda franca explicación. Habríase dicho que me sospechaba capaz de disimular, y que rehuía como una ridiculez toda manifestación de sensibilidad. Sus miradas y su aire parecían decir: «Lo sé todo; no has de explicarme nada; todo lo que tú quieras confesarme, lo sé; sé que hablas de una manera y obras de otra». Al principio me ofendía el temor que manifestaba a ser franco conmigo; después me acostumbré a la idea de que en él no era un defecto de franqueza, sino la ausencia de una necesidad de franqueza.

A mi vez, la lengua ya no habría sido capaz de decirle espontáneamente que le amaba, o de pedirle que leyera conmigo las oraciones, o de llamarle cuando yo interpretaba alguna pieza de música Sentíase incluso entre nosotros, algo como una tácita fijación de ciertas reglas de conveniencia. Vivíamos cada uno por nuestro lado: él, con sus ocupaciones en las cuales yo no tenía necesidad ni deseo de tomar parte; yo, con mi ociosidad, que no le lastimaba ni le afligía como en otros tiempos. En cuanto a los hijos, eran aún demasiado pequeños para que pudiesen servir de lazo entre nosotros.

Y así llegó la primavera. Macha y Sonia vinieron a pasar el verano en el campo; se iniciaron reparaciones en nuestra casa de Nikolski, y fuimos a establecemos en Pokrovski. Aquélla seguía siendo nuestra vieja morada, con su terraza, su salita de fiestas, y su piano en el fondo del luminoso salón; mi antiguo dormitorio, con sus blancos cortinajes y mis ilusiones de muchacha, que parecían haber quedado olvidadas allí. En aquella habitación había dos camas: una que fue mía, y en la cual por las noches iba a bendecir al mofletudo Kokocha que jugaba con sus piececitos; y otra cama donde se entreveía la carita de Vasika entre sus pañales. Después de haberlos bendecido, me quedaba a menudo en aquella habitación tan apacible; y de pronto, de todos los rincones de las paredes, del fondo de los cortinajes, alzábanse olvidadas visiones de mi juventud, y empezaban a repetirse los estribillos de canciones infantiles. ¿Qué había sido de aquellas visiones? ¿Qué había sido de aquellas graciosas y dulces canciones?; todo cuanto apenas me había atrevido a esperar, habíase cumplido. Mis más confusas y complicadas quimeras habían llegado a ser realidad, y era aquella misma realidad la que hacía mi vida tan pesada, tan difícil, tan desprovista de alegrías. Y, no obstante, ¿no seguían siendo las cosas iguales a mí alrededor? ¿Acaso no es éste el jardín que yo veía desde la ventana, esta mi terraza, estos mismos senderos, estos mismos bancos? Allá sobre el barranco, los cantos de los ruiseñores parecían seguir surgiendo de las aguas del estanque, y sin embargo, ¡todo era tan terriblemente cambiado para mí, cambiado más allá de lo posible!

Como en los viejos tiempos, seguíamos hablando pacíficamente Macha y yo, sentadas en el salón, y hablábamos de él. Pero Macha frunce las cejas; su rostro se pone amarillo; sus ojos no brillan de contento y de esperanza; expresan una tristeza afín y casi compasiva. Ya no nos extasiamos hablando de él: ahora lo juzgamos; ya no nos admiramos de la dicha que nos embarga, ni sentimos la necesidad de explicar a todo el mundo, como antes, todo lo que pensamos: como unos conspiradores, nos hablamos una a otra en voz baja; por centésima vez nos preguntamos mutuamente por qué todo es tan triste y ha cambiado tanto. Sergio es el mismo de siempre; sólo el surco que dividía su frente se ha hecho más hondo; su cabeza tiene las sienes más grises; y su mirada atenta, profunda, continuamente rehuyendo la mía, hállase empañada por una nube. Yo también sigo siendo la misma; pero en mí no hay ni amor ni deseo de amar. Ni más necesidad de trabajo, ni más satisfacción de mí misma. ¡Qué lejanos e imposibles me parecen hoy mis transportes religiosos de otros tiempos, mi antiguo amor por él, y aquella plenitud de vida que experimentara al propio tiempo! Ahora ya no comprendía lo que entonces hallaba tan luminoso y verdadero: la dicha de vivir para los demás. ¿Por qué para los demás, si no quería vivir ni para mí misma?…

Durante la estancia en San Petersburgo abandoné completamente la música, pero ahora, el viejo piano, las viejas partituras, habíanme reavivado de nuevo el gusto por la música.

Un día que me encontraba indispuesta, quedeme sola en casa; Macha y Sonia se habían ido con Sergio a Nikolski para inspeccionar las obras. La mesa del té estaba puesta; yo me había levantado y, esperándolos, me senté al piano. Abrí la sonata Quasi una fantasía, y me puse a tocar. No se veía ni oía alma viviente; las ventanas estaban abiertas sobre el jardín; los acentos tan conocidos, de una solemnidad triste y penetrante, resonaban en la sala. Acabé la primera parte, y de una manera inconsciente, obedeciendo a una antigua costumbre, miré al rincón donde él solía sentarse a escucharme. Pero no estaba: una silla que desde hacía mucho tiempo no había sido movida ocupaba sola su rincón predilecto; sobre el alféizar de una ventana se veía una mata de lilas destacándose sobre una puesta luminosa, y el frescor de la tarde entraba por las ventanas abiertas. Me apoyé en el piano; me cubrí el rostro con las dos manos, y empecé a soñar. Permanecí así durante largo rato, acordándome, con dolor, del tiempo huido, irreparablemente desvanecido, y escudriñando tímidamente los tiempos venideros. Pero de ahora en adelante, parecíame que nada existía ya, que no esperaba ni deseaba nada más, «¿es posible que haya sobrevivido a todo esto?», pensaba, moviendo la cabeza con horror; y con el fin de olvidar y de no seguir pensando me puse a tocar, siempre el mismo andante. «¡Dios mío!», decía, «perdóname si soy culpable, o devuélveme todo lo que hermoseaba mi alma, o enséñame qué debo hacer. ¿Cómo he de vivir?».

Sobre el césped que se extendía delante de la escalinata oyóse ruido de ruedas; después, oí en la terraza pasos discretos que me eran familiares, y luego el ruido cesó. Pero ya no era el sentimiento que otras veces despertaba en mí el ruido de aquellos pasos familiares. Cuando hube acabado la pieza, los pasos reanudaron su marcha detrás de mí, y una mano se apoyó sobre mi hombro.

—¡Qué buena idea has tenido de tocar esta sonata! —exclamó.

No respondí.

—¿No tomas el té?

Moví la cabeza negativamente, sin volverme hacia él para no dejarle ver las huellas de la agitación que dominaba aún mi semblante.

—Macha y Sonia llegarán en seguida; el caballo se ha espantado, y regresan a pie, por la carretera —añadió.

—Las esperaremos —dije y pasé a la terraza, aguardando que llegaran para unirme a ellas; pero Sergio preguntó por los niños y se fue a verlos. Una vez más, su presencia, el sonido de su voz, tan buena, tan simple, me convencieron de que no estaba todo perdido para mí. «¿Qué más desear?», pensaba: «Es bueno y dulce; es un marido excelente; padre excelente, y yo misma no sé lo que me falta».

Salí al balcón y me senté bajo el toldo de la terraza, en el mismo banco en que me hallaba sentada el día de nuestra explicación decisiva.

El sol se acercaba a su ocaso; empezaba a oscurecer: una nube de primavera empañaba el cielo en donde se encendía ya el fuego de una pequeña estrella. Había amainado el viento, y no se movía ni una hoja ni una hierba; era tan fuerte el olor de las lilas y cerezos, que habríase dicho que todo el aire florecía y se esparcía a ráfagas por el jardín y la terraza, debilitándose y reforzándose alternativamente, y produciendo deseos de cerrar los ojos, de no ver ni escuchar nada, y de limitarse como única sensación a respirar aquel dulce perfume. Las dalias y las matas de rosales, sin hojas todavía, alineadas inmóviles en la tierra negra, con sus cuadros removidos, parecían levantar lentamente sus cabezas por encima de sus pulidos puntales. Por su parte, los ruiseñores se transmitían a lo lejos sus intermitentes cadencias, y se les oía volar inquietos de un sitio a otro.

En vano intentaba tranquilizarme; parecía que esperara y que deseara alguna cosa.

Sergio bajó de la habitación, y se sentó a mi lado.

—Me parece que lloverá —dijo—. Y que Macha y Sonia se mojarán.

—Sí —repuse.

Los dos quedamos silenciosos durante largo rato.

Entre tanto, habiendo cesado el viento, la nube había seguido descendiendo poco a poco sobre nuestras cabezas; la naturaleza, más perfumada, más inmóvil, adquiría por momentos mayor calma: de pronto cayó una gota de agua, resonando en el toldo de la terraza, y otra se aplastó sobre los guijarros del sendero; finalmente, con un ruido de granizo que se precipita furiosamente, sobrevino un chaparrón de gruesos goterones, que todo lo refrescaba, adquiriendo mayor violencia por momentos. Con esto, los ruiseñores y las ranas suspendieron su concierto; sólo se oía el rumor de la torrentera, aunque amortiguado por el ruido de la lluvia; no obstante, aún se distinguía la nube en el aire, y había no sé qué pájaro, oculto sin duda bajo una rama de hojas secas, que no lejos de la terraza, lanzaba sus gorjeos con un ritmo siempre igual, basado en dos notas monótonas. Sergio se levantó, como con intención de marcharse.

—¿Adónde vas? —le pregunté deteniéndole—. ¡Se está tan bien aquí!

—Conviene mandarles paraguas y chanclos.

—No es necesario; esto pasará en seguida.

Sergio accedió, y nos quedamos juntos cerca de la baranda del balcón. Apoyé la mano sobre el antepecho húmedo y escurridizo, y asomé la cabeza al exterior. Una lluvia fresca me roció los cabellos y el cuello con salpicaduras irregulares. La nube, luminosa ya y cada vez más clara, se deshizo en agua encima de nosotros; al rumor regular de la lluvia sucedió muy pronto el de las gotas que caían del cielo y de las hojas, más y más espaciado. De nuevo las ranas reanudaron su canto; de nuevo los ruiseñores sacudieron sus alas y volvieron a responderse tras las matas húmedas, a un lado y a otro. Todo se serenó ante nuestros ojos.

—¡Qué bueno es vivir! —exclamó Sergio, apoyándose en la baranda, y pasando suavemente la mano sobre mis cabellos húmedos.

Esta simple caricia obró sobre mí como un reproche, y me asaltaron deseos de llorar.

—¿Qué más le falta a un hombre? —prosiguió—. En este momento estoy tan contento que no echo nada de menos, y soy completamente feliz.

«No me hablaste así cuando esto habría constituido mi dicha», pensé. «Por muy grande que fuese la tuya, decías entonces que querías más y más aún, y no obstante te sientes tranquilo y contento, cuando mi alma está llena de un arrepentimiento en cierto modo inexplicable, y de lágrimas no derramadas».

—Para mí la vida también es buena —dije—; pero estoy triste precisamente porque la vida es tan buena para mí. Siento tal desasosiego, me siento tan incompleta; siempre tengo ganas de alguna otra cosa, incluso cuando todo es aquí tan bueno, tan tranquilo. ¿Es posible no lamentar que no se mezcle alguna pena a los goces que la naturaleza te ha concedido como si, por ejemplo, echaras de menos algo del pasado?

Sergio retiró la mano que apoyaba sobre mi cabeza, y guardó silencio durante un momento.

—Sí, esto también me había ocurrido tiempo atrás, sobre todo en la primavera —dijo, cual si recopilara sus recuerdos—. Sí, yo también me he pasado noches enteras alimentando deseos y esperanzas, y, ¡qué noches aquéllas! ..., pero entonces lo tenía todo ante mí, y ahora lo he dejado todo detrás; ahora estoy contento de lo que es, y esto para mí constituye la perfección —concluyó con una seguridad y una desenvoltura que, por doloroso que me resultara de oír, me convenció de que decía la verdad.

—¿Así, tú no deseas nada más? —pregunté.

—Nada imposible —contestó, adivinándome el pensamiento—. Mira cómo te has mojado la cabeza —añadió, acariciándome como a una niña, y pasándome nuevamente la mano sobre mis cabellos—; tú tienes celos de las hojas, de la hierba que ha mojado la lluvia; tú quisieras ser la hierba y las hojas y la lluvia; pero yo me conformo sólo con verlas, así como con ver todo lo que es bueno, joven y feliz.

—¿Y no sientes añoranza del pasado? —seguí preguntándole, sintiendo que un peso cada vez mayor oprimía mi corazón.

Sergio permaneció un momento abstraído, y guardó silencio. Notaba que quería responder con toda franqueza.

—¡No! —respondió por fin, brevemente.

—¡Eso no es verdad! ¡No es verdad! —exclamé volviéndome hacia él, y clavando mis ojos en los suyos—. ¿No echas de menos el pasado?

—¡No! —respondió una vez más y con decisión—. Lo bendigo, pero no lo echo de menos.

—¿Y no desearías revivirlo?

Sergio se volvió, y se puso a contemplar el jardín.

—No lo deseo, como no deseo que me nazcan alas. No sueño imposibles.

—¿Y no quisieras reconstituir el pasado? ¿No te haces reproches, ni me los haces a mí?

—Nunca; todo ha sido para bien.

—¡Escucha! —dije, cogiéndole la mano para obligarle a volver la cabeza hacia mí—. ¡Óyeme! ¿Por qué no me has dicho nunca lo que querías de mí, a fin de que yo pudiera vivir exactamente como tú deseabas? ¿Por qué me has dado una libertad de la que no supe hacer buen uso? ¿Por qué dejaste de instruirme? Si lo hubieras querido, si hubieras querido dirigirme de otro modo, nada, nada habría pasado —proseguí con una voz que, más enérgica por momentos, expresaba un despecho frío y un reproche, mas no el amor de otras veces.

—¿Qué es lo que no habría pasado? —dijo sorprendido, volviéndose hacia mí—. ¡Si no ha pasado nada!; todo está bien, muy bien —repitió, sonriendo.

«¿Será posible que no me comprenda o, peor aún, que no quiera comprenderme?», pensaba, y las lágrimas humedecían mis ojos…

—¿Crees que de no haber ocurrido nada sufriría yo el castigo de tu indiferencia y hasta de tu desdén? —repliqué de pronto—. Lo que no habría ocurrido es que sin ninguna culpa por mi parte me viera privada repentinamente por ti de cuanto me era más caro.

—¡Pero qué dices, amiga mía! —exclamó como si no comprendiera lo que yo decía.

—No, déjame terminar. Tú me has privado de tu confianza, de tu amor, hasta de tu estimación, y esto porque he dejado de creer que me amabas aún después de lo ocurrido. No, me precisa decir de una vez para siempre todo lo que desde hace tanto tiempo me atormenta —repuse, interrumpiéndole—. ¿Era yo culpable de no conocer la vida, y de que tú me la dejaras descubrir por mí sola?… ¿Soy culpable, ahora que he acabado por comprender yo misma lo que conviene en esta vida, ahora que desde hace un año lucho por acercarme a ti, si tú insistes en rechazarme, haciendo como quien no comprende lo que quiero? ¿Soy culpable de que las cosas se arreglen de tal forma que no tengas nada que reprocharte, y yo siga siendo culpable y desgraciada? Sí, ¡tú quisieras aún lanzarme de nuevo a esta vida que habría de labrar mi desgracia y la tuya!

—¿En qué te fundas para decir esto? —preguntó con sorpresa y espanto sinceros.

—¿No me decías aún ayer, y me lo dices continuamente, que yo no me adapto aquí, que nos conviene marcharnos de nuevo a pasar el invierno en San Petersburgo, cosa que tanto me horroriza ahora? En vez de sostenerme —continué—, has evitado toda franqueza conmigo, toda palabra dulce y sincera. Y luego, el día en que caiga, me reprocharás esta caída y la contemplarás atolondrado.

—Calla, calla —dijo severa y fríamente—; no está bien lo que dices. Esto demuestra solamente que te hallas mal dispuesta hacia mí, que tú no…

—¡Que no te amo! ¡Dilo, dilo de una vez! —concluí, y las lágrimas inundaron mis ojos. Me senté en el banco, y me cubrí el rostro con mi pañuelo.

«¡Así es cómo me comprende!», pensé, tratando de contener los sollozos que me oprimían. «Se acabó, se acabó nuestro antiguo amor», dijo una voz en mi corazón. Sergio no se acercó a mí ni me consoló. Se sentía ofendido por lo que yo había dicho. Su voz era tranquila y seca.

—No sé qué tienes que reprocharme —empezó— a no ser que no te ame ya como antes…

—¡Como antes me amaste!… —murmuré con el rostro pegado a mi pañuelo, e inundándolo de lágrimas amargas.

—En eso, el tiempo y nosotros mismos, todos somos igualmente culpables. A cada época corresponde una clase del amor…

Se interrumpió.

—Y te diré toda la verdad ya que exiges franqueza. Así como durante aquel año en que te conocí, pasé noches enteras sin sueño, pensando en ti edifiqué mi propio amor, y este amor crecía de continuo en mi corazón, así precisamente, en San Petersburgo y en el extranjero, pasé noches horribles esforzándome en quebrantar, en aniquilar aquel amor que me torturaba. No conseguí quebrantarlo, pero al menos rompí lo que en él me torturaba; me tranquilicé, y a pesar de todo seguía amándote, sólo que con un amor distinto.

—¡Y tú llamas a eso amor, cuando no era sino un suplicio! —repliqué—. ¿Por qué me permitiste frecuentar el gran mundo, si te parecía tan pernicioso que a causa de ello tuvieras que dejar de amarme?

—No es el gran mundo, amiga mía, el culpable.

—¿Por qué no hiciste uso de tu poder? ¿Por qué no me encadenaste, por qué no me mataste? Eso habría sido mejor para mí que ver perdido todo lo que constituía mi dicha; eso habría sido mejor, y me habría ahorrado la vergüenza.

Y de nuevo comencé a sollozar, cubriéndome el rostro.

En el mismo instante, Macha y Sonia, alegres y mojadas, entraron en la terraza con alborozo de risas y voces; pero al vernos, se callaron y se marcharon en seguida.

Permanecimos mucho rato silenciosos; cuando se hubieron marchado, agoté todas mis lágrimas y me sentí aliviada. Miré a Sergio. Estaba con la cabeza apoyada en la mano, y parecía querer decir algo en respuesta a mi mirada, mas se limitó a suspirar penosamente y recobró su postura.

Me acerqué a él y aparté su mano. Entonces su mirada se fijó pensativamente en mí.

—Sí —dijo, como siguiendo el hilo de sus ideas—. Para todos nosotros, y en particular para vosotras, las mujeres, es absolutamente necesario haberse acercado a los propios labios la copa de las frivolidades de la vida antes de llegar a saborear la vida misma. En esto no se cree nunca la experiencia ajena. En aquella época, tú no habías adelantado mucho en la ciencia de las frivolidades seductoras y graciosas. Te dejé, pues, sumergirte en ellas Un momento; no tenía derecho a prohibírtelo por lo mismo que para mí hacía tiempo ya que aquella hora había pasado.

—¿Por qué me dejaste vivir en el seno de estas frivolidades, si me amabas?

—Porque tú no habrías querido, ni siquiera habrías podido creerme; era necesario que aprendieras por ti misma, y has aprendido.

—Razonabas mucho —dije—. Señal que me amabas poco.

Recaímos en el silencio.

—Es muy duro lo que acabas de decir, pero es la verdad —continuó Sergio, levantándose de pronto y empezando a pasear por la terraza—; sí; es la pura verdad. He sido culpable —añadió, deteniéndose delante de mí—. O no debí permitirme amarte en absoluto, o debía amarte más simplemente, sí.

—Sergio, olvidémoslo todo —dije tímidamente.

—No; lo que ha pasado no vuelve jamás; no se vuelve atrás nunca... —y su voz flaqueó al decir esto.

—Todo ha vuelto ya —le dije yo a mi vez, poniendo la mano sobre su hombro.

Sergio cogió mi mano y la oprimió.

—No, no he dicho la verdad cuando he pretendido no echar de menos el pasado; no, siento añoranza de tu antiguo amor; lloro ese amor que ahora ya no puede subsistir. ¿Quién es en ello culpable? No lo sé. El amor puede aún existir, pero ya no es el mismo; su sitio está aún ahí, pero dolorido; no tiene fuerza ni sabor; el recuerdo y el reconocimiento no se han desvanecido, pero…

—No hables así —le interrumpí—. Que renazca entero, como fue en otro tiempo… ¿es posible? —pregunté mirándole a la cara. Sus ojos estaban serenos, tranquilos, y al detenerse ante los míos, habían perdido su expresión profunda.

Mientras le hablaba, sentía ya que mi deseo, que el objeto de mi pregunta no eran irrealizables. Sergio sonrió, con una sonrisa apacible, dulce, con una sonrisa de anciano, según me pareció.

—¡Qué joven eres aún, y que viejo soy yo! —dijo—. Ya no hay en mí lo que tú puedes desear. ¿Por qué ilusionarse en vano? —añadió, sin dejar de sonreír.

Yo me mantenía silenciosa junto a él, sentía cómo mi alma recobraba más y más su tranquilidad.

—No intentemos repetir la vida —prosiguió Sergio— no intentemos engañarnos a nosotros mismos. Pero ya es una gran cosa no tener, si Dios lo permite, ni inquietudes ni turbaciones. Nada tenemos que buscar. Hemos encontrado ya y nos ha tocado en suerte buena parte de dicha. Lo que ahora hemos de esforzarnos en conseguir, es abrir el camino a éste… —dijo señalando a la nodriza, que llevando a Vania en brazos, se había aproximado y permanecía cerca de la puerta de la terraza—. Esto es lo que nos toca hacer, querida.

Y ya no era un amante, sino un viejo amigo el que me besaba.

Del fondo del jardín se elevaba, más potente y más dulce, la olorosa frescura de la noche; los sonidos lejanos esparcíase más solemnes en el aire, y sucedía a los mismos una profunda tranquilidad, mientras en el cielo se encendían numerosas como nunca las luces de las estrellas.

M iré a Sergio, y de pronto experimenté en el fondo del alma como un alivio infinito; era como si me hubiesen extirpado un nervio moral destemplado que me hiciera sufrir. Comprendí en seguida claramente y con calma, que el sentimiento que me dominara durante aquella fase de mi existencia, había desaparecido irrevocablemente, como aquella misma fase, y que su vuelta, no sólo era imposible, sino que me habría resultado penosa y hasta odiosa. Bastaba con lo ocurrido; después de todo, ¿quién me asegura que fuese realmente tan hernioso como me parecía aquel tiempo que consideré feliz? ¡Qué lejos, a qué enorme distancia lo veía en aquel instante! ¡Y había durado tanto, tanto!

—Me parece que es hora de tomar el té —dijo Sergio dulcemente, y nos trasladamos juntos al salón.

En la puerta encontré a Macha con la nodriza. Tomé al niño en mis brazos; tapé sus piececitos desnudos; lo estreché contra mi corazón, y le besé, rozando apenas sus labios. Medio dormido como estaba, agitó sus bracitos, extendió los dedos regordetes, y abrió sus ojos turbados, como cuando uno trata de encontrar o recordar alguna cosa. De pronto, sus ojos se fijaron en mí; brilló en ellos una chispa de inteligencia; sus labios carnosos y alargados se estremecieron en una sonrisa. «¡Eres mío, mío, mío!», pensé con una especie de deliciosa tensión que se propagaba a todos mis miembros, y lo estreché contra mi seno, procurando, no sin cierta dificultad, no hacerle daño alguno. Después volví a besar sus piececitos fríos, su pecho, sus brazos y su cabecita apenas cubierta de cabellos; mi marido se acercó, tapó rápidamente el rostro del niño, y luego descubriéndolo de nuevo, exclamó, tocándole el mentón con el dedo.

—¡Iván Sergueitx!

Pero yo volví a tapar el rostro de Iván Sergueitx. Nadie excepto yo, debía contemplarlo largo rato. Observé a mi marido: sus ojos reían al fijarse en los míos, y aquélla fue la primera vez, desde hacía mucho tiempo, que experimenté una gran dulzura y un sentimiento de alegría al contemplarlos.

Aquel día terminó mi novela matrimonial; el viejo sentimiento quedó con aquellos gratos recuerdos que no se podían revivir, y un nuevo sentimiento 4e amor a mis hijos y al padre de mis hijos, inauguró el comienzo de otra existencia, dichosa en distinto sentido, y que no he agotado aún a la hora presente, convencida de que la realidad de la dicha está en el hogar y en el seno de las más puras alegrías de la familia…

FIN